さらばボゴタ

さらばボゴタ

Simone et André Schwarz-Bart

シモーヌ＆アンドレ・シュヴァルツ＝バルト

中里まき子訳

フィクションの楽しみ

水声社

フィクションの楽しみ

目次

君がいなければ、
この本も、私の人生もなかった

親は子の顔立ちについて、どこが誰に似ているかとすすんで話す。それが、耳たぶ、眼の色、素敵な鼻の形であれば、誰から受け継いだかを容易に特定できるとしても、その子の肺や骨のきめ、循環器をどのように見分けられるだろう? 見えない部分をどう見分けるのか?

——『フィガロ・リテレール』(一九六七年一月号)掲載のアンドレ・シュヴァルツ＝バルトへのインタビュー記事より

第一部　ジャンヌの死

1

私はいつも、蜻蛉に魅了されてきた。小刻みに羽ばたくこの虫たちは、私のまわりの痩せ細った老人たちに似ていた。そして私は、年老いた蜻蛉たちのことを笑わずにはいられない。それに自分自身のことも。あの虫と同じように、真夜中に生まれた私たちは、午後四時頃に成人して、夜に死ぬから。

ジャンヌは今朝、旅立った。数時間を経ただけの、生まれたての死者。あの子は生きていた時と同じに、つま先立ちでひっそりと逝ってしまった。朝、目を覚ました時には、心配するマリー修道女を前に、今日ではないとジャンヌは言い張った。それから、上質なフランス産小麦粉でもって私たちに一杯食わせようと、晩年に装っていたモーツァルト風の陽気さで、大胆にもこう付け加えた。あなたたち全員、ここにいるみんなを埋葬するのは私かもね？　イタチみたいなこのちっぽけな三本の骨でね！　その後、十時頃に、仲間の表情がもう動かないことに気づいたのは、ビタール夫人だった。でも、死のことも、また死について間違えることも、あまりに恐れていた彼女は、自分のベッドの奥から助けを呼ぶまで一時間――それとも二時間？――待っていた。

ジャンヌは、言ってみれば静かに心を澄まし、すっかりくつろいだ顔つきをして、頭蓋につり鐘形のナイトキャップを被せられたまま寝ていた。彼女の言い回しによると、わずかに骨と肉が残るばかりであった。でも彼女は旅立つ前に、そのすべてに、彼女らしい、心を慰める陽気さを纏わせることができた。生者たちに「しっ」と言うかのように、下唇を平らにしてさえいた。少し滑稽なこの仏頂面もまた、しがない私の考えでは、彼女が私たちの眼に振りかけるひと匙のいかさま万能薬であった。

「アンダルシアの櫛を添えないのかい？」

「今すぐに、ビタールさん」マリー修道女は静かに答えた。

泣いている女たちの合唱が二つのベッド――ジャンヌとビタール夫人のベッド――を取り巻き、死者とその呑み友だちを同じひとつの共感で包み込もうとしていた。調子外れの音がセレモニーを台無しにすることもなかった。今日、こうして現れた死を真に受けるのは難しかった。ジャンヌは私たちの眼前をかなりおとなしく過ぎ去り、そのほほ笑みは、かつて彼女の顔であった肌と骨との断片の上に、あまりに爽やかに、生き生きと、厚かましく留まったので、最も熱心な仲間たちでも涙を流すことはほとんどなかった。それでもある時ジャンヌが「汚穢」を流し出すと、ビタール夫人は大きな叫び声を上げた。そして遺体はやはりそこにあり、吸い込むように皆の視線を引きつけていた。もはや斜めにではなく正面から――鏡のように。

「見て、シラミたちが行ってしまう」ある老婆が、あえて近寄ろうとしない友だちに向かって言った。

「ほっ、本当に、驚いちゃう」二十三番が言った。かすかに怯えながら一本指でジャンヌの襟首を探って、身体が冷え始めるこの時、そこに穴を――虫けらが押し寄せる皮膚の下の窪みを――見つけるのを恐れているかのように……。

でもすでに人々は、彼女には、一斉に去っていくこの昆虫たちがお似合いだということに気づいていた。それは密かに彼女の人生を蝕んだ、無数の、ちょっとした不運のようであった。そう、ジャンヌはこれで「清潔に」なった。驚いたビタール夫人が突然に言ったように。

「彼女、きれいね」その時ある声が言った。

「もう着いたはずね、天国に。そう思わない？」

「ああ、そうね。飛行機なんかよりずっと速いから」

規定通り二時間安置したあと、彼女を霊安室に運ぶ人たちが来た時、私は静かに自分のベッドに横たわっていた。担架が出ていくのを見ると、私は、幸せのあまり泣いてしまいそうであった。でも人の眼を気にして、泣きはしなかった。そして私は心ゆくまで泣こうとトイレに向かったけれど、不意に、またしても、泣くことができなかった。それはたぶん、咽び泣いてしまいそうに思われたから。ただ感謝の祈りのように繰り返し言うことしかできなかった。親愛なるジャンヌ。とても善良なあなたには、別の人生もあったろうに……。

＊

素性のわからない男たちとの行きずりの関係を除けば、ジャンヌは三人の男を知っていた。その男たちについては、謎解きのゲームでもするように話したものだった。ひとり目は、二人目は、三人目は、と。でも、このことでも他のことでも、謎の答えを出すのは彼女には難しいようだった。パリの外れの、奴隷並みに働く工場労働者たちが住む界隈で過ごした子ども時代に、近所に住んでいた男が彼女のひとり目の男となった。往時の郊外にはまだ黒人小屋通りのようなきわどい魅力があった。十二歳頃に二人はともに工場に入り、そして親同士も友情で結ばれていたため、男の子を身ごもったとわかると、所帯道具を買いそろえてもらった。彼女は、神の子について語るような口調で息子と叫び、あとから生まれた子どもたちと区別していた。はじめの頃、男を殴るのは彼女の方で、今ではもう思い出せないようなことで男を咎めていた。それから第一次世界大戦に出征した彼が、やや気がふれて、負傷して戻ってくると、今度は彼女が叱り飛ばされるのだった。ジャンヌが結婚生活を思い起こす時、一定数の言葉が定期的に彼女の唇に戻ってくることに私は気づいた。殴打、平手打ち、殴り合い、右ストレート、左ストレート、まだまだある。彼女の白髪の上を暴力の大風がまだ吹き荒れていて、五十年を経てなお彼女を魅了していた。ある日、夫は彼女の「脚をへし折った」。この出来事を神聖なものとする「ムショ」での滞在のあと、夫は「夫婦の家」には戻らなかった。彼について話す時、過ぎ去った日々の上空の、高みで吹き荒れる疾風にも似た、奇妙な皮肉とそれに彩られた敬意もこめられていた。私をひとりの奥様にしてくれたのは彼。ほほ笑みながら言い添えた。彼がいなければ私はまだ娘よ。

他の二人の男については、彼女はもっと控えめだった。一方とはひとりの子どもができたが、男はその子を連れて去ってしまった。もう一方とは一男一女をもうけたが、結局は手放してしまった。概して彼女の過去の男たちに対する語り口は優しく、その熱を帯びた口調には、彼女が死ぬ時になって初めて失われるものごとの、遠いこだまが見出された。でも時に、誰かを思い出しながら、私にはもうわからないけれど、とにかく「申し分ない」男（おそらく菓子屋だった）について、彼女は恐ろしいまでに自分の心を制御していたものの、声にごくわずかの軽蔑を滲ませることを禁じえなかった。彼女は十四回中絶した。ある写真では、知らない男の隣に写っていて、彼女はもうそれが誰かを思い出すことができなかった。一九二〇年代によくあった乱痴気騒ぎのふざけた写真の一枚。飛行機の窓を模した額縁が髪を隠していたけれど、写真には繊細な肌の大きな顔が写っていて、そこでは眼、口、そしてすべての曲線が生きた調和に包まれて、同じひとつの完璧な楕円形の中に描かれていた……。瞳を凝らすと、この若い女性の顔に、ある種の憤激を、繊細な口角にまで及んでいる怒りの閃光を見ることができた。でもそれは幻想であったかもしれない。

昔はきれいだったねと言われると、ジャンヌは腹部のでっぱりに両手を置いた。彼女のものであった美しさの精髄をそこに集中させようとでもいうように。私の腹を理解することはできない。彼女は断言した。私の人生はすべてここにぶら下がっているのに、理解できない。快楽や、金や、数えきれないものを得る人もいるけれど、私は息子以外、決して何も引き出しはしなかった。

それでも少ししつこく聞かれると、彼女は一度だけ快楽を得たことを白状した。本物の性的快楽を得たのだ。暖炉が激しく燃え上がるように。

それは一九二〇年二月十四日のこと。彼女がこの日付を覚えていたとすれば、自らの両胸の歴史における重要性のためではなく、どうやらこの同じ日に、人間の理解しがたい歴史においてある事件が勃発したためであった。大通りで人々は新聞を奪い合って読み、罵り合っていた。ずいぶん遠方で起きていることのために殴り合い、蹴り合う通行人たちを彼女は見た。彼女にも、この日あるいは前日に途轍もないことが起きていた。それは彼女の人格のささやかな街路に、やはり雑然とした動揺を引き起こしていた。この「途轍もない」ことを頭あるいは胸に秘めて（彼女からはどんな詳細も引き出せなかった）、ダンスホールで拾った「若造」に、彼女はホテルの部屋に押し込められた。この若い男のことはすべて忘れてしまったけれど、カリフラワーのような耳だけは記憶に残っていた。ボクシングに熱中している「旦那」とは、あとにも先にも会ったことがなかったから。それから彼女は、ちょうど耳の穴の入り口にある、二つのさくらんぼのような肉芽にとても驚いた。男の説明によると、それは試合のたびに定期的に破裂していた。そしておそらく、彼女のうちにあった例の「途轍もない」ことのせいで、卵巣のことも何もかも忘れてしまって、この見知らぬ男と高く、高く、舞い上がった……。家のように高く、と、彼女は情け深くほほ笑みながら話し終えた。

彼女の記憶では、男は小柄というよりは大柄であり、髪は栗色よりはブロンドであった。でも二度と会うことはなかったため確信はなかった。

*

ジャンヌが、肉芽のさくらんぼや他の思い出の果実といった、限りない細部にいかに溺れようとも、その言葉ひとつひとつの下から湧き出す神秘があるように私には思われた。私は、彼女がかつて感じた喜びも、苦しみも、信じることができなかった。運命が彼女の精神に、クリスマスツリーの飾り玉のようにぶら下げた脆弱な言葉のすべても……。大はしゃぎの写真を除けば、彼女が性の名残として取っておいたのは、休戦協定直後に流行したような色つき真珠で飾られたハンドバッグのみであった。だから私は、空っぽの頭と乾いた心で、何度も挫折する彼女が、ハンドバッグを手にしている姿を想像していた。それは、裏切られた待ち合わせや、堕胎を施す女への訪問、使い走り、工場を出て螺旋階段を上る場面……などの証人であった。私には、ああ、とても小さい彼女が、スパイクヒールの先で人生を跳ね回るのが見えた。風と雨と傷ついた卵巣の女。バッグの真珠と同じく偽りのクリスマスツリーの飾り玉すべてが、彼女の胸のうちでぶつかり合っていた……。でもこの時代、ジャンヌの聖性はいったいどこにあったのだろう?……陽光に晒されるのを恐れて、彼女はそれを自分の人格の奥底に埋め込んでしまったのだろうか?……あるいは、女ならではのいくつかの言葉の奥でうめき声を上げていたのだろうか?……そうした言葉は空腹の叫びのように、彼女のうちで倦むことなく響いていた。ベッド、テーブル、肩の窪みといった単純でぞっとさせる些細な言葉。その聖性こそが、窓を模した紙製の滑稽な額縁に入った大はしゃぎの写真において、彼女に乾いた憤激の顔つきをさせたのではなかったか? ギアナの流刑囚のある者たち、とりわけ、視線が届く場所にももう決して行くことのできない終身刑を受けた者たちがそんな顔つきをしていた。そうではなかったのか?……

若い頃に何を信じていたかと尋ねた時、彼女は不可解な仕草をした。私は皆と同じだった、と言った。それは、彼女のような境遇の女性が信じることすべてを信奉していたという意味である。宗教か? いや、彼女が信仰を持っていたと言うことはできなかった。それでも時々は教会に通い、物音、匂い、静けさを感じて、おとなしく座っている他の女性たちに囲まれて、大いに涙を流すのだった。教会は、彼女が若い頃に訪れた田舎に少し似ていた。日々の生活の外にある、本当に静かな場所で、言ってみれば、街路や喫茶店や地下鉄で聞こえる物音は何も聞こえなかった。彼女は聖務日課書を手にして、それに従っているように装い、周囲の女たちとともに歌を口ずさんだが、それだけだった。彼女は、神は貧者のためのものではないという考えから、お客さん、あるいはこっそり忍び込んだ人のように、目立たぬようにしていた。施設に入ってからも、彼女はそこに、礼拝堂に行っていた。あえて行かないという勇気がなかったから。でも彼女はマリー修道女に隠しはしなかった。ある「哲学」を見出した時から、それが彼女に訪れた時から、完全に終わっていたことを。教会は彼女にとって家であり、司祭や修道女たちも――尊敬はするけれど――子どもであった。意固地な彼女はそう言いきった。

それ以外のことは、またも打ち寄せる大波であった。訴訟から広島の爆撃機まで、彼女が見たすべて、立ち会った変化のすべてが、彼女の外側で起きているように思われた。彼女の恋愛や、出産、あるいはその身体の緩慢な腐敗までも。人生という樹木についた葉が、やがてしおれ、落ちてしまった。皆のようにあれやこれやと考えていた、そう彼女は繰り返し言っていた。でも、どんなことであれ、何ひとつ理解したことがなかった。社会の諸問題についてさえ何も理解していなかった。それでも職場の同僚たちとは、特定の状況に見合った言葉を交わしていた。ストライキやデモ行進の際には決まった身振りをするのだった。彼女はほほ笑みながら私に、ある時期、運命を信じてさえいたと語った。そして女占い師を訪ねようかと数カ月にわたって思い迷っていたと言った。結局そこへは行かなかった。そして運命という言葉もまた彼女から抜け落ちてしまった。私は彼女に、その頃はまだ敬語を使いながら、こう尋ねた。でも本当に確かなのですか。あなたが何ひとつ、まるで理解していなかったというのは？　彼女は重々しく首を振り、詫びるような様子で、まったく、と言った。それから自分を正当化するように続けた。世界は広すぎる。こう言ったところでいつも気を取り直し、彼女の「哲学」に話が及ぶとそうなるように、信念を持って布教に打ち込む人の顔つきをして言った。ある意味では、世界は狭すぎるのだけれど……。

そう言いながら、ヒバリを逃すまいというように拳を握った。人生の終わり頃に掴むことのできた、小さな真実の小鳥を……。

*

時に私は、もし彼女が黒人として、苔さながらの髪をして、黒人の国に生まれていたらどうなっていただろうと夢想していた。ああ、もちろん、円丘の高所での黒人女性の生活が楽しみばかりかといえば、そうではない。それでも多くの場合、それは生活であった。どれほど肌が黒くても、時々、女性たちはただ歯の色と輝きを見せるために肩の上の不幸を振り落としていた。一方こちらでは、時に箒のように乾いてしまうけれど、女性たちはどんな目に遭わされているというのか。パリに暮らし始めて数年間はまだ、こちらの女性たちは私たちよりも実入りがよく、味わいのある生活をしていると思っていた。でも、とりわけ一九二九年頃、カフェ・レストラン「オー・ボン・コワン」にいた時期に彼女たちについに近づいて、その運命の内奥を覗いてみると、眩暈に襲われることも珍しくなかった。井戸の縁石の上でよくしていたように、覗き見たのだ……。

私はそれを、その眩暈を感じている。今、ジャンヌの人生のために小曲を弾いて、音楽を彼女に捧げ、その栄誉のために私の鳥笛を響かせながら。

＊

私はとりわけ、彼女が叔母シダリーズの身体を纏った姿を想像していた。小柄であった叔母もやはり風の女で、タコのように抜け目がなく、大はしゃぎの写真のジャンヌの眼にも宿る、わずかな神秘を保持していた。ジャンヌがこの世に戻って滞在する際にカリブ海のアンティル人役を演じる、私のこの夢想を彼女も気に入ると思う。死の前日にそう冷やかしたら、彼女は天国に着くなり文書でお願いすると言っていた。だから運がよければ、いつの日か私たちは再会するだろう。掘っ立て小屋で二人揃ってカザック〔丈の長いブラウス〕を着て、尻はむき出しのまま、また歩み出す……。

2

大はしゃぎの写真から間もなくして、ジャンヌは女であることをやめてしまった。二十八歳頃のことである。彼女の影の部分はすべて息子を照らすための光に変えられた。自分で時々そう言っていたように、私の生きたイエス様に後光が差すようにしたのだ。四十歳頃、確かにまだ二、三回の感情の高まりと、二、三回の性的高揚を経験して喉が焼けるような痛みを感じていたけれど、やがてそれも飲み込んでしまった。

五十歳頃、幸運にもとても若くして閉経を迎えると、その生活は、彼女が永遠であれと望む日常的な動作に満たされた楽園に変わった。夜明けにコーヒーができたら息子を起こし、いつも無言で食事するさまを見る。それから、かつて持っていた真珠のバッグやスパイクヒールを連想させる、臆病な人間ならではの凝りようで念入りに化粧する。ともに三階から階段を下りて、モベール広場に出るとそこで別れた。息子はグリゾニ通りのワイン卸売市場の方へ。そこには無線電信やその他の電子機器の工場があった。そして彼女はモンジュ広場の方にある色鉛筆工場へと向かった。「女」であることをやめた一九二七年以来、そこで働いていた。夕刻にはすべてが朝とは逆向きに進められ、土曜や祝日には時刻が変更されることもあった。そのような日に息子が酔っていれば、彼女は服を脱がせてやるにとどめ、つま先立ちでこっそりと立ち去るのだった。でも機嫌がよければ、ベッドに寝かせて掛け布団を整えたあと、そばに腰掛けて、からかわれるのを待っていた。彼は気の弱さゆえの繊細な冗談でもって見事にやってのけた。「かわいい子」(彼女がまだ若かった頃に十代の彼が与えた愛称)のようなちょっとした甘い言葉は、彼女をくすぐる牧草のような効果をもたらした。それから息子が寝てしまうと彼女は隣室に移り、玄関に鍵と差し錠をかけた。そしていつも、季節にかかわらず、寝る前に窓に近づいてカーテンを少し上げ、「外」を凝視しながら、心地よさそうに身を震わせた。外側の世界は、殻に守られた彼女と息子とを脅かしに来ることは決してないはずであった。

＊

若くして生んだ息子はやがて彼女に似てきて、双子の姉弟のようであった。人々は二人一緒に同じ卵から生まれたのだろうと噂し、ジャンヌがこの薄ぼんやりした男の生みの親とみなされることはほとんどなかった。男は、ジャンヌと同様に髪が灰色がかって、薄くなってからもずっと母の家で暮らし続けた。小心ゆえに、彼女が近所から嫁を見つけてあげなくてはならなかった。そうしないと悪所で身を持ち崩す恐れがある。母は孤独な女たちに目星をつけた。そのほうが、帝国トルコの高官のような趣味を持つ息子の好みのタイプに合致するからだ。息子はハーレムの女を、満月を、眼差しを満足させる女を望んでいた。彼女は女性たちの健康状態について内緒で調査をし、しまいには、お茶を飲まないか、トリックトラックやブロットのゲームをしないかと言って招待しては、息子についてあまりに情熱的に、まさしく霊感を受けたように語ったため、誰もが彼女の眩惑された眼を通して彼を見るよう強要された……。

ところがある日、一九三四年二月の動乱の日々〔「一九三四年二月六日の危機」と呼ばれる事件〕のあと、彼が新聞を家に持ち込むと、ジャンヌは恐怖を覚えた。新聞を読み返す息子の顔に、虚ろな表情が浮かんでいたからである。それまではいつも競馬新聞を読んでいて、人間のニュースが載った新聞と同じ効果を与えることは決してなかった。続く日々も彼は人間の新聞を持ってきたので、もう馬では飽き足らないのだと考えた彼女は、貸本屋に加入して、いつも家に一冊か二冊の本があるようにした。彼は本を開いたけれど、概して二十ページ以上読み進めることはなかった。息子がごく稀に読み終えた本を彼女は読んでみた。本を読む習慣がなかったため、苦労してゆっくりと解読していった。それから彼女は、貸本屋の本を餌としてテーブルや棚に置く前に、自らそれに「挑戦するようになった」。しかしどうにもならなかった。本当に彼の興味を引くのは人間の新聞であり、それだけだった。ジャンヌは不安に襲われた。こうした新聞と一緒に、「外」の不吉な空気も家の中に入り込むかもしれない。

人民戦線のあとには、もはや新聞ではなく生身の人間たちが、夜、仕事のあとに家に入ってきた。はじめは彼女も幸せだった。ビストロや競馬から足が遠のくだろうと思ったからだ。それに、息子には喜びというか、秘められた満足も見られた……。以前の彼は、怒りというよりある種の悲しみを宿していて、その感情が鬱積するとビストロで暴れまわっていた。しかし政治が家に入ってくると、穏やかになり、居心地がよさそうであった。同志と呼ぶ新たな友人たちとも打ち解けて、幼なじみの絆で結ばれたようであった。虚ろな表情はもう消えていて、彼は、物事を主張したり、大声で叫んだりすることもあった。それはまるで、新しい言葉すべてが彼のために殻を作っているようであった。眼には見えないけれど、実際には家の壁よりもっと頑丈な素材の、もっと効果的な殻を。

男たちにコーヒーを出しながら彼女は耳を澄ました。時に彼らの言葉に意味の断片を見出しては、自分ひとりで持ちえた考えが白日の下に現れたように驚いていた。しかし嫉妬ゆえに、彼女はさまざまな考えを完全に理解することはできなかった。そして同志たちが帰ってしまうと、息子の説得に努め、彼女の世界を破壊する「外」の世界を狡猾に失墜させようとした。あなたたちはひっきりなしに「労働者たちの楽園」を語るけれど、教えてよ、向こうでは、あっちの工場には、工場長はいないというわけ？　事務所に所長はいないの？　軍隊に将軍はいないの？　身分の低い人たちだけなの？

お偉方はぜんぜん？　控えめなお偉方も？

　息子は母の話を情け深く聞いていた。ああ、かわいい子。こんな保守反動の論拠をいったいどこで見つけてくるんだろう。それから彼は、彼女が大資本家と手を結んでいる、あるいは、社会党員や、もしかすると右翼団体「火の十字団」のおしゃべり女から「論拠」を仕入れていると信じている振りをして見せた。しかし彼女は、こうした論拠のすべてをどうやって見つけているかをよく知っていた。それを彼女が見つけるのは、やつらが用いる、教理問答書の色づき挿絵のような天国の言葉の数々に対する不信のためだけではなく、むしろ息子と、必然的に彼女自身とを見て感じる嫉妬、そして深い恐怖心のためであった。二人とも小さな殻に入って、小川から川へ、そして大河へと、すでに二十年前に彼女を飲み込もうとした大洋に至るまで、滑っていくのが見えた……。

　それゆえ彼女は、彼がある「同志」を家に連れてきた夜、ひとりの女性ではなく、「外」からのさらに油断のならない攻撃とみなした。今度こそ、自分の内奥にまで達するほど伸びてくる触手であった……。

　少なくともはじめの三十分はこの調子であった。憤怒と無力感から、彼女が見知らぬ哀れな女の眼に唾を吐くまでは……。

それ以前にも二、三度、彼はものにした女を家に連れてきたことがあった。ジャンヌは悲しかったけれど、自分を抑え、気に食わない素振りを見せることはなかった。恋人たちが玄関に入ってくるなり、彼女は息子の部屋に忍び入り、シーツとタオルを替えて、ゴム靴を置き、洗面用の水差しをいっぱいにして……、仕上げに、自分の花模様のビデを運んだ。

＊

しかし彼女が同志の女性と引き合わせられたあの夜は、まったく展開が異なっていた。まず、女性の外見がジャンヌを驚かせた。確かに体格こそ他の女とかわらなかったが、三十五歳という年齢にしては若々しく、頬にはかわいい黒子まであった。この女性には太めの女ならではの魅力があって、それが息子の気に入り、落ち着かせていることが見て取れた。服装はかなり簡素であったが、清潔感があり、物腰の厳しさも相まって、すぐにジャンヌを気詰まりにさせた。あるいは、女性と息子との佇まいのせいであったかもしれない。息子はこの女性について話したことはなかったのに、長年の親しさが感じられるなんて……あるいは、彼が少し口ごもりながら語った口調のせいだろうか。

「同志リザを紹介するよ」

「まさか同志だなんて」ジャンヌは言った。

「言っておくけど……」息子は話し出した。

この時、同志は頭を後方にのけぞらせ、太った女ならではの歌うような笑い声を上げた。そして発声練習の合間に、いくらか善意のこもった控えめな声で言った。

「お二人とも、本当に面白いですね……」

ジャンヌにとって最もたちが悪いのは息子の反応であった。彼は、誰かが母に対して礼を失するとすぐに彼女の肩を持ったものだった。その彼が見知らぬ女と一緒に笑い出した。まるで、この上機嫌の肉の塊を見ることの驚きから覚めないというように、魅了され、感激した、快活な笑いであった。ジャンヌは女性がこうして笑うのを見ると、疲れて、老いたように感じた。ばつが悪く、言うべき言葉が見つからずに、念のため、彼女は早口で言った。

「部屋を用意する必要はあるのかい？」

「どういった部屋ですか？」同志は穏やかに言った。

すると、いたって自然に、息子は見知らぬ女に、寝室、タオル、ゴム靴といった一部始終を暴露した。その間、お人好しの太った女は、彼の話を思いやりと感動をもって聞いていた。笑ったせいで眼を湿らせ、時折、こうつぶやくにとどめていた。嘘よ、同志、騙すつもりね。それはあんまりだわ……。すべてが終わると、彼女は気詰まりそうに噴き出しながら、とても落ち着いて言った。

「シャルロと私はまだそういう関係ではありません。ご存知ですね。お互い尊敬し合って、わかり合っています。でも布団の寝心地を試すということは問題ではありませんし、それに彼は背が低くて私の好みではありません」

「背が低すぎる？」ジャンヌは死にそうな声を漏らした。

同志はテーブルについていたため、その眼はジャンヌより低く、ちょうど唾が飛ぶ軌道の上にあった……。

「あら、ごめんなさい。わざとじゃありませんのよ」ジャンヌはすぐに言った。

しかし取り返しのつかないことが起きてしまったのだ。そして、続く沈黙の間、動転したジャンヌはどちらの眼を汚したのか自問した。両眼とも等しく涙で輝いているように見えた。

「あら、ごめんなさい」彼女は繰り返した。

「母の愛って、なんて美しいのでしょう……。その話を聞かせてください」その時、同志が穏やかに、多少の皮肉をこめて言った……。「ではあなたは、シャルロが私には小さすぎると本当に思ったのですか……。本当に？……」

「そう思いました」ジャンヌは言った。

「私、帰るほうがよさそうですね」同志は立ち上がりながら言った。

「そんな仕打ちしないわよね」ジャンヌは言った。「私に、シャルロの母に？」

「私の眼に唾をかけましたわ」同志は言った。

「違うの」ジャンヌは言った。「気持ちが高ぶって」

「うふふ」同志は寛容な甘い声で言った。

「本当にありがとう」ジャンヌはきっぱりと言い、突然、滝のような涙を流した。そして……。

この瞬間から、この夜はおとぎ話の様相を呈した。ああ、特別なことは何も起きなかった。ただすべてが、ジャンヌには未知であった領域で展開した。そこにはいかなる恐れも、計略も、猜疑も見られなかった。この夜、空気中には気品さえも漂っていた。ジャンヌは私にそう繰り返した。しまいには、彼女は同志に泊まっていくよう誘った。ご冗談を、と、女性は探るように言った。まさか。ジャンヌはまじめに応じた。一方、息子は執拗に懇願していた。ごらん、ごらん、君は泊まっていいんだ！


恋人たちがまたテーブルにつくと、そこからジャンヌの一連の動作を注視することができた。彼女は水差し、ゴム靴、花模様のビデを運んでいた。そして二人におやすみなさいと言われ、少ししてベッドに入った時にはとても満たされていたため、彼女は、人生でただ一度だけ、自分がひとかどの人物であると感じそうになった。

＊

元同志である息子の妻の職業は看護師であり、体つきや物腰は乳母のようであった。かつて、戦前に彼女がまだ政治に関わっていた頃、彼女は、「それを手配する」、「膿瘍を開く」、「子どもを傷つけない」、「風呂の水もろとも子どもを捨てない」などと言い、人を看護する時は、よかれと思って、悪ガキの相手でもするように力ずくでもって臨もうと決めこんだ様子だった。赤らんだ大きな両手は、時に軽やかであったけれど、息子以外の男を捕まえることは決してできなかった。彼女には黒子もあって、息子は、イタリアのすべての香水に値すると褒めそやした。そしてとりわけ、まだ共産主義者であったこの頃、彼女の眼は熱くきらめく火を宿していて、それがあらゆる事物に明るい光を放っていた。何かはわからぬ、暖炉の炎のような……。

同志の女性はもっぱら土曜の夕刻、六時半ちょうどに来た。彼女が到着する時、週末の安らぎを連れてくるようであった。まもなくジャンヌはコーヒーを用意すると言って台所に移るが、すぐさま扉を閉めて鍵穴に眼を押し当てた。二人はすでに腰を下ろして、同志が鞄から取り出した書類の向こうでささやき合っていた。七時が近づくと同志は腕時計を見て、決まった時刻に息子は立ち、部屋に鉱石検波受信機を取りに行った。音楽をかけるのではなく、各自が受信機を耳に当ててニュースを聞いていた。ジャンヌによれば、それは毎回すばらしく高貴な時間であった。息子の顔には、人間の新聞とともに持ち込んだ抗議の閃光を、以前よりはっきりと見ることができた。そして同志は、戦時下に愛する人の消息を待ちわびて郵便局を訪れる女性たちの表情をしていた。それでもジャンヌは知っていた。受信機の声は、ほとんど誰も名前を知らない国々で起きている、二人のいずれにも関係のない事柄を伝えていた。ジャンヌはうっとりしたため息とともに、でもほら、そうよね、とひとりごちた。そして鍵穴から眼を離して、コーヒーを用意した。

しばしば部屋に戻る前に、再び鍵穴に眼を当てたが、その時にはいつも、二人は受信機を消し深刻そうに話し合っていた。それから、また別の世界へと飛び回りながら、二人が笑うのを見た。そのたびに、不可解にも自分が笑われているように思い、がっかりして座り込みたくなった。その間も扉越しに笑いが聞こえていた。すると彼女はワインを一杯飲み、我慢しきれなくなると、彼らが誰を笑っているのか知ろうと、コーヒーの盆を掴み直して不意に扉を開いた……。聞こえてくるのは、息子がしばしばこの太ったお人好しに言っていた、どこで覚えたかわからない、珍しく、奇妙で、軽く、かつ無造作な言葉のひとつであった。

「……僕はね、同志、うむうむ……君の黒子になら、イタリアのすべての香水を捧げてもいい！……」

それにコーヒーの儀式もあった。倦むことなく一万年も続けられたことだろう。

「お砂糖ひとつ？　二つ？……」ジャンヌは尋ねた。

「うふふ」息子はため息をついた。

「ええ、私は」同志がほほ笑みながら言った。「よそのお宅では、私はいつも砂糖を三ついただきます……」

子どもの頃からずっと、息子は、ジャンヌが家ではいつもコーヒーに砂糖をひとつ入れることに気づいていた。よそでは三つであった。母の心からの願いは砂糖二つのコーヒーを飲むことだけれど、決してできないだろう、と息子は言い立てた。ジャンヌは、自分のささやかな秘密を息子が暴いたと知った日、悲しみのため眩暈に襲われたようであった。でも奇妙なことに、いつもコーヒーの儀式を始めてしまい、同志が砂糖三つを求めるたびに同様の悲しみを感じることとなった。すると彼女は、この世界の高貴さに鑑みて、心の中で自分を責めていた。おまえは意地悪で、けちで、偏狭すぎないか？　急に心が寛大さで満たされて、コーヒーを唇に運ぶのであった。

*

一九三九年九月二十一日まではこの調子であった。ジャンヌは自分の片隅にいて、ますます理解不可能になっていく闘争に身を投じた息子、リザ、その他の「同志たち」に敬服していた。はじめ彼女は、それは昔ながらの貧乏人と金持ちの闘いだと思い、時に大勢でテーブルについている同志たちの周囲を、コーヒーカップ片手に絶えず回っては、貧乏人と、貧乏人を最後まで食い物にする金持ちとの問題に口を挟もうとしていた。しかし彼らの言葉の一切は、時とともに明確さと豊かさを増した彼女の見解が示されることを許容しなかった。彼女が言いたかったのは、もし貧乏人たちが金持ちたちに勝利を収めて、彼らを食い尽くしたとして、今度は貧乏人たちの中に金持ちの地位を占める者が出てきてしまうだろう、等々。彼女はそれを息子ひとりだけに言おうと思った。ただ、同志の女性よりバカではないことを知らせるために。でも諦めた。もしこの考えを正しいと感じたら、おそらく息子は死んでしまうだろうと思ったから。彼女にとって息子は糸を渡る軽業師であった。とても軽く、危なっかしく、それでも美しく、大変な高みにいるあの子を見るだけで、宙へ連れていかれるように感じた。はじめのうち彼は、海水パンツ姿で水に入り押し合う海のパーティー客たちを思わせた。しかし彼が血を流してデモから帰ってきた時、このゲームは昔のように、鉄槍を用いて、防護具なしで戦われもすることを理解した。そして彼女は子どもの頃に聞いた騎士と竜のおぼろげな物語を思い出した。でもこのイメージも、彼女は捨て去ってしまった。目下の物語には、ひとりの騎士ではなく、世界中に散らばった幾多の人々がいた。竜もまた世界のいたるところに現れた。彼女は、日々、新顔が姿を現すのを見た——資本、フランコ、ダラディエ、そして特に最後に現れた、悪魔的な、死の天使ヒトラー。そういうわけで、息子への敬意を失うことなく、彼女は軽業師として糸を渡る彼を夢見ることを好んだ。それは他に劣らず恐ろしいイメージであったが、少なくとも夢では、息子の先回りをして、その転落を和らげることができそうであった。

一九三九年九月の忘れられないあの日、息子とジャンヌはいつものようにモベール広場までの道を一緒に辿った。それはこの上なく心地よい秋の朝で、空気中にはかすかな哀愁もきざしていた。しかし正午に場面は一変して、弁当を温めてもらおうと角の喫茶店に彼女が下りていった時、通りで人々が殴り合っているのが見えた。新聞の大見出しには「スターリン＝ヒトラー同盟」とあり、このニュースのせいで彼女のシャルロが糸から落ちてしまうのではないかとひどく恐れた。その夜、急いで帰宅したが息子はいなかった。八時頃、同志の女性が到着すると、静かに座って両手で腹を抱えていた。まるでそこに、彼女の子どもに衝撃を受けたかのように。

二人の女性はあえて向き合うこともせず、長いこと待っていた。それから午前零時頃に、ジャンヌは胸に両手をあてて外に出ると、彼が政治に手を染める前に出入りしていたすべての喫茶店を探し回った。しかし出会った人たちは、息子に伝えるべき不愉快な忠告の数々を彼女にぶつけてきた。例えば、今や彼はナチスの仲間なのだから、上げ足歩調〔膝を曲げずに足を伸ばして歩く、ナチスドイツの閲兵式での歩き方〕の訓練をせよ、と。明け方に彼が酔って千鳥足で帰ってくると、ジャンヌはすぐに彼が糸から落ちてしまったことを理解した。同志の女性は待つ間に椅子で眠り込んでいた。ジャンヌは息子を彼の寝室に連れて行った。そして以前のように服を脱がせながら、慰めようとした。

「おまえに何の関わりがあるというの？……食べて、飲んで、妻の面倒を見なさい。それに私はよそへ行くから。子どもが生まれたらこの家は狭すぎるね。でも、おまえに何の関わりがあるというのだろう。あんな遠いところで、リッベントロップ〔ヒトラー政権下の外相。ニュルンベルク裁判で絞首刑になった〕とシュモロトップ〔正しくはモロトフ。スターリン政権下でソ連の外相を務める〕との間に起きるようなことが？」機嫌をとりつつ、彼女は語り終えた。

しかし彼と関わりがあったと考えるべきである。その日も、続く日々も、彼は決して警戒を緩めようとはしなかったからだ。三カ月後、予備役軍人として前線に向かう彼を駅で見送った時、その顔に浮かんでいた遺憾の表情を、五年後、戦争が終わって彼が捕虜収容所から戻った時、彼女はそのまま見出すことになる。

あの日、彼のうちで何かが砕け散った。当初の華やかな時期に彼が見せた、断固たる、機知に富んだ表情を、彼女は二度と見ることはなかった。彼はその表情で、「では同志たち、この状況をどう考える？」と言っていた……。まるで世界全体が突如として彼の血管に入り込み、その小さな身体だけでは持ちえない活力、勇気、大胆さを与えているように。ジャンヌは思った。当時の彼には、恋する若者の厳かな歓喜のようなものがあった。そしてあの日、恋は砕け散った。息子と一緒に。

実際、彼は以前より低いところへ、競馬新聞の時代よりもっと低いところへと転落した。いつも酔っていて、身体も洗わなかった。最初のうち、ジャンヌは同志の女性と団結して、彼女の講話に耳を傾けた。彼女は是が非でも希望を持つための理由を見つけ出そうとしていた。いいえ、ありえません。スターリンがそんなことをするなんて。あるいは彼はどうかしてしまったのです。それに死はもう空腹ではありませんでした。それも、帰宅したジャンヌが酔った嫁を見つけ、彼女も息子と同じく糸から落ちたと理解した日までであった。それまで漂っていた高貴さは完全に消え去り、彼女はついに二人とともに水に飛び込むことになった。ある夜など、三人ともどんちゃん騒ぎをしたせいで、彼らを鎮めて、バカなまねをさせないよう、警官が呼ばれた。それはまるで、溺れる人たちが互いに掴まり合って余計に早く沈み込むようであった、とジャンヌは私に説明した。彼女は自分を見失っていた。嫁を憎みさえして、状況に内在するすべての悪の元凶を彼女に見出していた。それ以降、何が起きても、彼女はそれをすべて、この「太ったお人好しの女」が家に入ってくるのを見た日に、一瞬にしてすでに経験してしまったように感じた。いや、いや。彼女は冷ややかに気取った様子で自らに言った。遅くとも一九三七年以降は、間違いなく、もはや驚かされることはなかった。宣戦布告さえも私を驚かせはしなかった。ああ、それは避けられなかった。彼女はすぐにそう思った。このようなこと、あるいは似たようなことでも、予想通りで、すっかり想定内であった。自分のうちの絶望のか細い声が言った。ああ、それはただ、この「太ったお人好しの女」を息子が家に招いて始めたことの最終的な結果というだけ……。

＊

続く出来事もやはり、どうにもならないという感情によって希薄化された空間において展開した。集団移住さえ彼女を驚かせることはなく、ある日、トゥーレーヌの小村へと導いた。そこでは、陽光を受けた美しい石の数々に安堵して、足を止めた。彼女は何にも動じなかった。水一杯に十フラン払ったことにも、予期していた終末の実行者にすぎない敵兵を初めて見たことにも、どこかが占領されたことにも、第一次世界大戦を想起させる恐怖――あの頃の美辞麗句はなく、より冷たくてむき出しの――にも、それに、かつての同志の奇妙な変貌にも。彼女は昆虫のように、文字通り変態していた。この家が自分の繭であるかのように、身体の節を繰り出していて、他のことすべてに無関心であった。

一九四五年に息子が帰ってきて、嫁がまた身重になった時、ジャンヌは、息子名義に変えていた二部屋の家を出て、近隣に小さい部屋を借りて住むのは当然のことだと思った。毎朝、彼女は道端で彼を待ち、かつてのようにモベール広場まで二人一緒に歩いた。「そっちはどうなの？」と彼女が尋ねると、彼はまず肯定するように一度だけ頷いて、うまくいっていると伝えた。それから、より早く二、三回、すまなそうに頷いた。ある時は不平のように「うぅ……、うぅ……」とつぶやき、ある時は、「ああ、かわいい子、どうしたいの？　どうしたいの?……」と言った。翌朝まで、ジャンヌにはそれで十分であった。それは彼女に、やや素っ気なくても鮮明な、奇妙な喜びを与えさえした。まるで「うぅ、うぅ」や「どうしたいの?」が、過ぎし日の親密さを二人の間に回復させていたかのように。彼女は、党についてあえて彼に問いかけることはできなかったため、日曜の朝、モベール広場の方面に潜入し、彼が『ユマ』を売り始めたかを見ようとした。でも当てが外れた。戦前、人間の新聞を売りながら彼が演じていた心揺さぶるちょっとした喜劇を、二度と見ることはなかった……。

ジャンヌは、戦前の幸せな時期に『ユマニテ』を売っていた息子をまねるのがうまかった……。モベール広場の角に見立てて、ベッドの角に背中を押し当てると、背中を丸めて、左右に怯えた眼差しを向けた。そして目立ちたくない人のように、臆病そうな声で、猫が小さく鳴くように、「ユマニテエエエ……ユマニテいかがですかぁぁぁ……労働者のしんぶーん……ユマニテェエェ……ユマニテェエエ……」支柱の陰にうずくまって、彼女が自問するのはまたもやこのことだった。いったいどこからあんな力が湧いてくるんだろう。小鳥のように内気で、臆病なあの子に？……それにいったい何が、あの子をあんな立派な、完璧な英雄にしてしまうのか？

＊

それから、彼女が言うには、終わりから二番目の段階が訪れた。彼女がお払い箱にされ、退職したことである。息子たちには三人の子どもがいて、四人目も出てくるところであったが、かつての家に彼女のための小さな居場所が設けられた。しかしすぐに同居は地獄と化した。ああ、ちょっとした地獄よ、と彼女は明言した……。しみったれているけれど、やっぱり地獄。嫁は病気になり、もはや働けないことに憔悴していた。特に新しい重荷のせいで、と彼女は膨らんだお腹を注視しながら言った。そしてジャンヌは狭い二間を敏捷に動き回り、当惑して赤くなっていた……。

彼女はまず、古くからの友人と一緒に、屋根裏部屋を借りることを考えた。馴染みのないラ・ヴィレット郊外の……ずっと向こうに……追放されて……。結局、彼女はデュベック通りのあばら屋を選んだ。モベール広場を挟んで反対側なので、時々息子に会いに行けるくらい近かった。それに、誰にも恥をかかせなくて済むくらい離れていた。

彼女の話を聞く限り、不思議なことに、そこでまずまずの生活をしていたらしい。毎朝、商店やオルシニ通りの屋根つきマルシェを覗きながらひと回りした。あちこちで、野菜や、斑点のある果物を手に取った。肉屋には内臓や脂身の上肉があり、そこの主人は、とうに死んだ猫がまだ生きていると信じているふりをしていた。貧者には無料のスープも配られたが、残念ながら少し遠かった。市からの援助は、ひと握りの穀物のようにわずかに与えられた。毎月の司祭館の訪問。ごみ捨て場。道端の鳥、ネズミ、犬と分かち合う生き延びるための秘訣……。

彼女の妙技、それは瓶入りの燕麦であった……。肉なしの日、悲しい日、陽の差さない日、あるいは疲れて歩けない日に、朝から晩まで家に閉じこもっている時には、瓶に入った燕麦が最後の救いとなった。彼女はそのレシピを無限に繰り出すことができた。クエーカー・オートミールの味つけに使うのは、塩、砂糖、ニンニク、たまねぎ、紅茶、パンの皮、赤胡椒、バーミセリ、マーガリン、牛脂、存在しない脂、壁の脂、風、雲……そのまま……。

そう、彼女の話では、まずまずの生活であった。だから例のオレンジの事件がなければ、彼女が身を置いていたどん詰まりで、すべては果てしなく続きえただろう。彼女はつましく、器用で、小ぎれいでもあった。外に足を踏み出す前に、古い衣服のボタンのひとつひとつ、糸の一本一本まで確かめていた……。

*

彼女はまず、このオレンジの事件は、彼女を施設にぶち込むための口実であったと主張した。でもある日、陳列台の上の果物に、確かに気をそそられたと私に白状した……。

冬のせいでもあった、と彼女は言った。それに、表示ラベルによるとスペイン産であるというあのオレンジの、小さな太陽のような見た目のせいでもあった。彼女は習慣を、あるいは図太さを欠いていた。慌てて掴んだオレンジは、その両手の間で翻り、側溝まで転がった。店の主人は彼女に、群がる他の客たちの前で、まじめそうにこう言っただけであった。触らないでください、奥様……。

しかし彼女の評判にとっては致命的な痛手であった。彼女を無害な昆虫——パン屑を食べさせる羽虫——のように見ていた商人たちさえも、遠回しの疑惑や、もったいぶった嫌悪をもって接するようになった。ワラジ虫に対するように。人々は、彼女の手に放浪癖があるとささやいた。滑り止めの溝があり、かぎ爪が生えた、引っ掻く手。普段は重いけれど、状況次第で鳥よりも軽くなる手。彼女が歩道に出るなり、街区中が、嘲るように握られた闇の両手から眼を離さなかった。彼女は、人々の身振りや眼差しと不意にぶつかることがあったし、通りがかりにささやき声が聞こえるような気がした。過ちを犯したように感じて、それ以降、中が見えない買い物袋ではなく、目の粗い網袋を使うようになった。それを通して、言うなれば、彼女の日々の戦利品は衆人の監視にさらされた。

しかし、泥棒という言葉が発せられていた。取り返しのつかないことだ。そうやって「嘘」が生み出されたのだ、と彼女は言った。彼女は呼び出しを受けたが、理解できないふりをした。こういったすべてのせいで、病気になっていた嫁に促されて、息子が干渉してきた。しかし彼女は彼にきっぱりと応じた。施設、施設だって？　私はまだこんなに元気なのに？　しかし、「彼女を通さずに」署名された書類があり、ある日、彼女は界隈の警察署に召喚され、場所と日時を知らされた……。

「何より驚かされたのは」オレンジの事件に話を戻しながら彼女は憤った。「何より驚かされたのは、私に説教して、そんな年で盗みをするのは恥だなんて言った人たち。何に対する恥なんだ？　私は言ったわ。誰への恥なんだ？」

3

あまりに長い歳月を生きた生き物がどうなるかを見ると、私はいつも名づけえぬ驚きを覚える。多くは、力が衰えるにつれて、ただひとつの音、ただひとつの欲求に収斂されていくようだ。たばこ、酒、媚び、涙もろさ、言葉、ある種の沈黙、食べ物、絶えず想起されるあの思い出、あの夢。

＊

私たち年寄りが偏執狂のようになるとすれば、生命の音階の中の、ただ一音を奏でる力しか持たないためだと思われるだろう。だがこの見方は正確ではない。なぜなら、外の世界にいる老婆たちが、どこかのテーブルのまわりにちょっとした居場所を持つ限り、生き生きとして、こじゃれてさえいるのを忘れるべきではないからだ。この施設でさえも、日曜日にまだ面会を受ける者たちは、生命のざわめきを立てて、まさしく音楽の樹木である――当初、息子が来るのをやめるまで、ジャンヌがそうであったように……。

概して、矢があなたに命中するのは、もう誰も面会に来ないのだと理解する、日曜の夜である。その時、養分をもたらす物質にあなたをつないでいた、最後の糸が断ち切られる。でもそういう経験を私はしたことがない。施設に足を踏み入れる前からすでに、私は臍帯――そう言ってよければ――を失っていたから。おそらくそのせいで、私は入所するなり、二、三日目で発狂してしまった。私には、はじめの頃のお決まりの面会という、存在と無との間の慣例的なつなぎがなかったのだ。

しかし、最後の、避けられない切断がつらいものであっても、はじめの頃に訪問を受けていた者たちは、その切断を鞭の一撃のように受け取る。それは彼女たちを元気づけるのだ。彼女たちは他の者たちよりうまく切り抜け、狂気の期間は概してより短くてすむ。面会を受けていた者たちのうちには、音を失うことに甘んじるかわりに、施設への滞在がある程度になった時に、新たな音を編み出す者さえいる。――まるで彼女たちは、この最後の、思いがけない、ほとんどいつも奇妙な音を大きく響かせずに死にたくはないかのように……。

そういうわけで、一昨日の朝まで、私たちとともにジャンヌと彼女の「哲学」があった。それは大したものではなく、せいぜい数語であった。でもほぼ確実に、ジャンヌの音ほど上質なものを、ここで聞くことは滅多にない。ただ、それに比較できるものとしてシャーピー氏の音を挙げても失礼にはあたらないだろう。三年前から、彼が道で拾った小学生の鳥笛の音色が聞こえている。当初は、中庭に出たシャーピー氏は、だいたいいつも収納箱の陰にうずくまって、麻痺した唇とぎこちない指で、おそるおそる耳障りな音を立てていた。今では、天気のいい日には、小門の前で布張りの椅子に座り、時に小銭を稼ぐこともあった。手を伸ばすこともなく、ただ木製の楽器の先から、存在しない音色を引き出しさえすればよかった。その音色は、再び若さを取り戻した彼の老いた心臓から湧き起こるなり、忘れられた……。

鐘が鳴る前にまだ時間があるなら、私は、亡きユゴリニ夫人にも敬意を表したい。インゲン豆栽培が流行する直前に、彼女はハエの流行を引き起こしたのだ。「ああ、すばらしい……この子ったら！」という言葉や、やはり謎めいた言葉「あらあら、かわいすぎるわ……かわいすぎる……」を発しつつ。毎朝、彼女は小さい網で採取にかかった。その網は、生き物を傷つけないように帽子のベールを切って作ったもので、蝶を採る網のように奥にはくびれがあった。一匹捕まえると（一日一匹だけという主義であった）、ナイトテーブルの覆いの上にひっくり返したコップに入れた。それから見つめ続けて、夜になると、昆虫に別れを告げた。一日の食糧として、彼女は二、三粒の砂糖を与えて、毎時間、コップをほんの少し持ち上げて招待客に空気を送った。私はまず、これは奇行であり、これといった意味などないと考えた。でもこの奇行が流行すると、実のところこれは「音」なのだと理解した。それも、この場所で発せられた最も純粋な音のひとつなのだ、と（なぜならただの奇行は決して、決して、流行にはならないから。流行の例がインゲン豆である。それはデュブール夫人という人によって、第一次世界大戦の前に始められたことがわかっている。彼女は、一九三一年の修繕前に洗濯室の上にあった古い共同寝室で、百歳で死んだ）。最も純粋な音のひとつであると私が思うのは、ユゴリニ夫人の最後の日々を見たからでもある。秋の、死につつあるハエたちとともに……。そして、ハエたちがすっかり去ったあとの、彼女の速やかな死……そう、とても軽やかな死……。

＊

共同寝室Bのシャブル夫人のことも忘れてはならない。彼女は面会を受けなくなってから「幸せ」になった。私たちのうち「幸せ」な人は複数いるけれど、それは皆、ミサに出て信仰を見出した人たち。それに対してシャブル夫人は理由もなく「幸せ」になった。少なくとも彼女の言では。ある日それが訪れた、ただそれだけ。彼女が少し無理しているのもわかった。奏でにくい音だったから。それでも概して彼女はうまいことやってのけ、「幸せ」になって以来、いつも友だちに囲まれていた。いやむしろ、皆、彼女をまねたいという虚しい希望を抱いて観察していた。まるで、彼女が口をすぼめる仕方を見れば、時にそこから漏れ出る純粋な音を捉えることができるとでもいうように。

しかし、「幸せ」な人たちをまねるのは不可能である。完全に。数日にわたって試みた者たちもいるが、出発点よりもっと低いところに行きついてしまった。それは流行するようなものではなく、ハエのように両手で捕まえることも、インゲン豆のように箱に入れておくこともできない。人は思い違いをすることがある。そうであると思っても、そうではないこと。また反対に、自分自身の変化に気づかないことも。それは掴みどころがなく、緩やかにあなたに忍び込むため、しばしば遅ればせにしか気づかない。でも、あなたに起きたことをどうやって知り、どうやって確信できるのか？……

だからますます、とりわけジャンヌが死んでから、私はゆっくりと滑っているのではないか、それに私も「幸せ」になりつつあるのではないかと自問している。そうだとわかったら、ジャンヌに感謝しなくては。実は一年前から、彼女は面会の代わりとなるものを与えてくれたからだ。

それは、私が雪の中で転んだあの日、過去のイメージすべてとともに始まった。そして霊安室〔シモーヌ&アンドレ・シュヴァルツ＝バルトの小説『青バナナ入り豚肉の料理』（一九六七年）において、施設の女性たちは医務室を霊安室と呼んでいる〕で目覚めるなり、私はまた始めた。夢見て、夢見て、夢見て、壮麗な布切れのように従順に繰り広げられるイメージの数々を私のうちに舞い上げることを。雪の中で転んだ日、私の記憶を留めていた栓が、静かに、ゆっくりと飛んでしまった。そして、ベッドでも食堂でもどこでも、二十四時間ずっと思い出に満たされているありさまに、私はまず「夢の住人」になってしまったのだと思った——施設で私くらい低いところに落ちてしまった人にとって、それはすばらしいことであった。しかし疑念がわいた。夜の悪夢が途絶えたから。プシュマール夫人自身、私がもう吠えないことを認めざるをえなかった。

そして第三に、この奇妙な喜びがある。書くことによって得られる喜び。ジャンヌに敬意を表してちょっとした音楽を鳴らし、彼女のために私の鳥笛から数音を引き出すこと……。

＊

彼女が施設に辿り着いた時、私はまだここにいなかった。しかし聞いたところでは、彼女の振る舞いは本当に注目に値するものであったという。平日はずっと、静かで、穏やかで、陽気で、すぐにゲームや音楽や内緒話に加わり、ここに入っても外での生活を続けているようであった。いつも身なりにとても気を配り、誰も傷つけないよう心がけていた。しかし日曜の朝になると様子は一変し、すっかりぼろ着をまとい、髪は乱れ、靴は不揃いとなった。そしてベッドの縁にひとりでまっすぐに座り、眉をひそめて何かぶつぶつ言い出した。昼食が終わるや否や庭に駆け出し、壁に寄りかかって、入り口の小門を注視しつつ動かなくなった。身体中に、今にも噛みつきそうな負傷した獣の憤怒を滲ませていた。

聞いた話では、息子は母を中庭に見つけるとすぐに、首を肩の方へとちぢめ、殴られでもしたように醜い渋面を浮かべた。ある老婆たちは、門をくぐるとすぐに首をすくめていたと主張し、他の者たちは、この哀れな男は施設の百メートルも前から背中を丸めて、いわば這うように近づいてきたと言いさえした。しかしこの行きすぎた描写は、すべての証言を無に帰してしまう。

いずれにしても、人々は彼が日曜の午後遅くにいつも、肩は痙攣し顔も上げられない状態で到着するのを見ていた。ジャンヌは彼に近寄り、話し出した。彼女を一挙にバラ色にするほど並外れた活力とともに、話しかけたのだ。それから予期せぬ瞬間に、彼が顔を上げて、老婆に取り乱した眼差しを投げるのが見えた。そしてすでに走りながら、さようならと叫び、口を大きく開けたまま、小門の方へと逃げ去った……。

いつも同じ筋書きであった。違うとすれば、時折、息子がジャンヌをマロニエの木陰に連れていくことがあった。この人目を避けた場所で彼は、ジャンヌがしていたのと同じ素早い、必死の身振りとともに、何かはわからないが、説明しようとしていた。しかし数語話すなり黙ってしまい、ジャンヌがひとりで続けた。機関車のような勢いでぶちまける、果てしない不平不満……燃え上がっても、燃え尽きることはない……。なんて出しゃばりな男だろう?……外でどんな気詰まりな思いをさせたというんだい？　自分のことはすっかり自分でしていたのに……。彼の鼻をつまめば、まだミルクがこぼれてくるだろう。それなのに知らない人たちを信用して、あいまいなオレンジの事件のことで。それにひきかえ……。私はあんたの傷口だって舐めてあげるというのに……？

それでも最後の頃、彼が完全に来なくなる少し前には、二人の面会はもっと穏やかになっていたようである。ジャンヌと同じく小さい息子が、しわと骨ばかりの姿で到着する。彼は少し頭を傾け、ジャンヌは軽く爪先立ってその額に口づける。そして二人は黙ったまま、一、二時間見つめ合っている。息子のほうは、いたわりのちょっとした仕草や、捉えがたい崇拝の身振りをしていた。それは、彼にとってジャンヌは真に母親であり続け、常に遥かな存在で、その衰えにもかかわらず、純粋かつ魔術的であることを示していた……。

そしておそらく、この年齢の男には珍しい、子としての恥じらいゆえに、彼は小門の方に急いで立ち去るのであった……。そう……。庭や、他の入所者たちなど、すべてのただ中で、彼がまだジャンヌに被せていた古い仮面が剥がれ落ち、辱められた小柄な老女の、すっかりそのままの恐ろしい顔つきだけが差し出される、まさしくその時に……。

そしておそらくそのために、そう、彼はある日、霧の中にはまり込んでしまった。他のすべての面会者たちと同様に……。

＊

彼女の話では、自分はずっと「性悪」であったため、このことによってまず、かつてなく激しやすくなり、文字通り手に負えなくなったという。攻撃の準備ができたボクサーのように、身体の前に拳を握り締めた彼女が、施設のいたるところで、執念深く陰険な姿で出没した。ちょっとしたことで飛びかかり、殴り、唾を吐くまで罵るのだった。男性にも立ち向かい、天使のマリー修道女と不可解な悶着を引き起こした彼女は、懲戒評議会に連行されそうになった。とりわけ、何かにつけて人の鼻先でせせら笑い、いつも同じ不穏な言葉を吐いて、不愉快な存在になっていた。「私の腕に抱かれたかわいい子……私は死の天使……人は永遠に、永遠に、愛し合う……」彼女はまた、奇行によっても注目を集め、そのいくつかは年報に記録されている。時期によってはカーニヴァルを地で行き、毎朝、新たな考えをもって目覚めては、すぐさまそれを実行に移した。鉛筆で顔に線を引き、象徴的ながらくたや、重要な部分にはぼろ切れも使って、ジャンヌ・ダルク、グレタ・ガルボ、大きな尻のブルジョワ女、二十四時間限定の娼婦になった。それは毎朝の呼びものであった。人々はその日の人物を言い当てようとした。B棟の男たちの賛同も得て、小さな賭けのグループが結成された。皆、ジャンヌが明かすのを待っていた。それは午後遅くになったが、そのために彼女が本当の自分に戻ることはなかった。カーニヴァルという夢のような期間には、一分たりとも本当の自分を取り戻すことはなかった。想像の世界で人生から人生へと飛び跳ねていたけれど、テーブルに置かれた物の間をすり抜ける猫のように、彼女がこの人生の間に決して演じまいと決めた人物とは、脚の軽い接触でさえも回避した。それは、ジャンヌと呼ばれる人物である。

面会人が来なくなった時、施設の奥へとゆっくり落ちていく者たちがいる。海面近くで死んだ魚が、腹を上にして海の深淵へと沈んでいくように。例えばそれは、私の隣人シドレル夫人の状況である。娘が来るのをやめた最初の日曜日、夫人はとても驚いた様子であった。それから、彼女の顔に張りついた驚きの表情を永遠に保っていた。しかし、また違った反応をする者、釣り鉤が口に刺さっても激しく動いて、波の中で引っ張られるシイラのように、怒り狂ってしまう者もいる。

愛されない子どものようでもある。ジャンヌが周囲に厚かましい笑いを向けながら、共同寝室のテーブルの上で排便するのを見た時、そんな印象を受けた。それでも私は少し驚かされた。いくつか同様の経験をしたあとでやっと、新たに見捨てられた人たちが享受する免責特権のようなものを理解した。人々は彼女たちに医師のような眼差しを投げかけ、彼女たちが子どもとして危機に直面しなくてはならないことを知っている。最初の絶望の時間に、子どもに戻ってしまったのだ……。しばしばこの絶望が示すやや特殊な形態にさえ、誰も驚きはしない。心痛とともにそれが消え去ることを、人々は知っているのだ。

しかしある時、私は、ジャンヌにとって事態が好転することはないと思った。それは彼女の「狂気」が、永久に留まってしまうような形態をとっていたからである。精神と心を蝕むウィルスのように。まさに死んだ鯛さながらの白眼を皆に向けて、突然、会話の途中に割り込んできては、同じ言葉で、冷たく無関心な同じ口調で、どんなことでも切り捨てた。ああ、それは意味がない……まったく意味がない……。それを除けば彼女はとても穏やかで、見た目にはすっかり普通に戻っていた。しかしまさしくこの種の平穏が、あなたをまっすぐに核戦争論者たち〔『青バナナ入り豚肉の料理』において、施設の女性たちの一部が核戦争を待望し、情報収集や議論に没頭する様子が描かれる〕のもとに連れていく。そこには、言うなれば、同じ精神錯乱に冒された人たちがいる。最悪なのは彼女たちが決して自殺しないこと。まるで何事につけ、ああ、それは意味がない……本当に意味がない……と言い続ける喜びのため、というように。プシュマール夫人は、引き返すことのできないこの道を辿っているように思われる。それに私も、「幸せ」になる直前に、この道を歩む時期があった。

ジャンヌはといえば、確かにこう断言できるだろう、もし息子がある日再び現れなければ、もし彼が、彼女の心臓をもう一度チクタクいわせるために少しの力添えをしなければ、ああ確かに、彼女は最後の仮装として全身に虚無を着込むことになっただろうと……。

*

この力添えは大したものではなかった。音沙汰のなかった三カ月のあと、息子は、門番に彼女宛の小包を預けた。それだけ。

最初、ジャンヌは激高したふりをして見せた。しかしすでに翌日には、小包に喜んでいるのが見てとれた。彼女はもう隠すことはなかった。それ以来、日曜ごとに、遠くから小包の配達を見張っていて、ニコロ氏の最初の合図で駆けつけた。彼女が小包を胸に当てて戻ってくると、生命の血が再び彼女に通うのがわかった。それを可能にしたのは、紙、紐、たばこ、砂糖、菓子のちょっとした重さであった。彼女はそれに何日も手をつけずに、持ったり眺めたりするだけで満足していた……。

息子を正当化するために立派な理論をでっち上げさえした。日曜日に、彼女はこう言うことがあった（私はこの耳で聞いた）。きっとあの子はその辺をうろうろしているだろう。でもほら、気を遣って入ってこないのよ。あなたにはすぐにはわからないかもしれないわね？……これはすべて、ただ気遣いの問題なの、わかるかしら？……

その頃、私はまだ自分自身の苦しみとの折り合いが悪かった。そのため、人生の見世物にあまり注意を払っていなかった。それでも、私はジャンヌの主張によって心を揺さぶられたことを覚えている。その主張によると、彼女の最愛の小さなクロコダイルは日曜ごとに施設の周囲をうろついていて、それは気遣いからであった……。このまったく根拠のない仮説を示すジャンヌは、すばらしい人に映った。私は思った。彼がわざわざ自分で、たばこ、砂糖、菓子の小包を届けに来るというのも、ありえないことではない……。

それから、ジャンヌの優しい憶測である仮説は立証された。アルヴァズ通り周辺で、小男が身を屈めて、母と同じほど背を曲げてうろうろしているのが目撃された。時には日が暮れるまで……。

＊

私自身その現場を目撃した。私は、息子がジャンヌを訪ねるのをやめてからずっとあとに施設に入所したため、彼と会ったことはなかった。それでも人から聞いた説明によって、私はすぐに小柄な男性を認識した。年齢不詳で、貧相な身なりをして、ハンチング帽を斜めに被り、施設の入り口の向かいの歩道を小刻みに歩いていた。足元の歩道を凝視しつつ、壁に沿って滑らかに動きながら。彼が持っていた緑色の小さな手提げ鞄や、ハンチング帽、そしてジャンヌと同様に思考の律動に合わせて空いた手で時に振りかざすパイプの先端がなければ……私は彼を、むしろこの場所から離れたがっている通行人と見なしたことだろう。

入り口の小門をくぐる時、私は最後にもう一度だけ振り返って確信した。彼はすでにアルヴァズ通りの端に達していて、あまりに素早く走り去ったせいで、モロー通りの角に食われて消えたように思われた。しかし突如として、私は彼の輪郭を歩道の真ん中に認めた。優柔不断に身体を左右に揺すっていた。それからもう一度、施設の方向に突進してきた……。

急に凍りつき、漠然とした恐怖に怯えて、私は反射的に逃走した。二階の共同寝室に辿り着いて、穏やかにベッドに腰掛けているジャンヌを見てもあまり驚かなかった。すべてお見通しの母親のような、決然とした屈託のない様子で、彼女はオレンジを味わっていた……。

＊

そしてある日、ついに二人は、二人の老人は再会した。どうしたわけか門番が扉を開けたままにしていた門から、向かいの建物に背をもたせかけた彼が見えたため、庭の中央まで進んでいたジャンヌに知らされた。息子が母を見分けられる距離であったが、表情がわかるほどではなかった。二人はこうして、門番が扉を閉めるまでおそらく一時間ほど、門を挟んで見つめ合っていたらしい。ある者たちは、二人とも、老いた男も女も身動きしなかったと言う。また他の者たちによると、ある時、男は手を折り曲げたり広げたりしたけれど、誰も注意して見ていなかった（老女の周囲には息子を見るための一団がいたというのに）。しかし老女はすぐにそれを認めて、お腹の高さまで左手を上げて彼と同じことをした。ゆっくりと指を折り曲げて広げた、というわけ。

自分の「哲学」を発見できたのは、こうしたことすべてのおかげでもあると彼女は言っていた。はじめのうち私は笑った。それから、私たちのうち多くがそうしたように、彼女の発言を聞き、重要性とまではいかなくても、面白さを見出すようになった。

彼女は、すべてはまさにあの瞬間に訪れたと言い張りさえした。開いた門から、通りの向こう側にいる息子を見た時、彼は彼女を見たけれど、近寄ろうとはしなかった。それは愛、恥じらい、尊敬のため。赤裸な彼女を眼にして彼女を傷つけることを恐れたため。彼女が、息子であったこの小柄な老人を通りの向こう側に見た時、彼は手でおぼろげな合図をした。時に子どもたちがするように。あるいは、親が子どもたちにするように。手の五本の指をゆっくりと折り曲げ、広げながら。

彼女が生きた歴史におけるこの瞬間、それは一撃で彼女のすべての骨を打ち砕いたらしい。もっとよく彼女を知るようになった時、私は、彼女の比喩に富んだ言語において、骨とは身体の繊細な部分でもあり、各自が腸や、関節や、筋肉や、残りのすべて――名があってもなくても、見えても見えなくても――と結ぶ密接な関係でもあることを理解した。それは「骨」、要するに。彼女はそう言っていた……。それればかりか、そう、彼女が人生に関して抱いた信念の見せかけや、彼女の精神にぶら下がったクリスマスの飾り玉のすべても。そうしたものはこの瞬間に粉末と化し、いくつかの言葉に道を譲るのみであった。それ以降、この世についての彼女の全知識はその数語に限られた。彼女に似て、骨と皮ばかりのむき出しのいくつかの言葉。

彼女が哲学への道のりについて話そうとする時、会話の中で最も頻繁に現れたのは、打ち砕かれた骨を含む言い回しであった。しかし彼女は他のイメージも用いていた。ある日、彼女が皆にこう言うのを聞いた。あの時、向こう側にあの子とその手とが見えた時、まず私は死んだように感じたわ。それからあの時、私は死んで、死んで、死んでいた。わかるわね。すっかり乾いて、要するに……。私はちょっとひらめいたのよ。それは……そう……まるで一滴の血が血管に通うように。別の日には、彼女は私に、この私に、個人的に言った。わかるわね、マリー〔マリオットのこと〕（あの頃すでに、彼女が涙を流す時は私を名前で呼んでいた）、私が話しているあの時に、あばら屋全体が私の頭に落ちてきて、私の手には石ころ三つが残された。そう、彼女は私にこう言い、私は今それを誇らしく思う。知る限り、おそらく彼女はそれを私にしか話さなかったため、私はしばしばこの表現について、とりわけ彼女の手に残された石ころ三つについて熟考した……。

おそらく、彼女の頭の中で踊っていたのはこの石ころ、ただの三つの言葉であった。三つの言葉は並外れた跳躍をして、彼女の精神のほの暗い高みに永遠にぶら下がっていた――私の郷里で、踊り手たちが東西南北にこわばった手足を投げ出して、人間による跳躍の争えない真実の中で、急に不動になるように。子ども、哀れみ、といった言葉、私は何か知らないけれど……そうしたもののはずだった。

4

一年経ってやっと、彼女は私に声をかけようと決意した――ご機嫌とりだと私は意地悪に考えたけれど、実際はただの善意の言葉であった。彼女は、私に哲学を味わわせるべきか、まだ迷っていた。私を観察していた。不意に眼差しに気づくこともあったが、何もなかった。彼女は姿を消していた。あとになって彼女が打ち明けたのは、とりわけモロー氏〔『青バナナ入り豚肉の料理』において、モロー氏が船乗りとしてカリブ海を航海していた過去に言及される〕の話に怯えていたことだった。それは、人々の肖像を「刺し貫く」私の能力のこと。彼女の心臓、肝臓、あるいは人生にくたびれた哀れな小脳に、私が遠くからピンを刺しこむという考えは、いたって文明的な肩甲骨へのナイフのひと突きよりも、彼女にはずっと残酷に思われた。それでも、臆病な鼠のようなジャンヌは、黒人である私の周囲に日ごと小さくなる円を描きつつ、徐々に接近してきた。例えば、私が聞いていると知りながら、彼女の哲学の話題を誰かに持ちかけては、大声で、はっきりと話して、私が少しも聞き漏らさないようにした。あるいは、庭のベンチで私の隣に腰掛け、物理的な近さが私たちの間にいくらかの熱を生み出すのを待っていた。数週間、数カ月が過ぎて、彼女は私を正面から見据え、眼をそらさなくなった。その眼差しによって、彼女の不安げな優しさが私の心臓に突き刺さった。

それから、私が完全に盲目となってしまった時期があった。もはや食堂に下りていくこともできずに、自分のベッドでまる一日を過ごし、振り払うことのできないある夢に苦しめられていた。夜、ある家の屋根の上で、私は梯子を求めて四辺を手探りしている。でもすでに梯子は撤去されてしまった……。私はおぞましい顔をしていたようで、シャラントンへの移送が話し合われた。そんなある日、ビタール夫人が自分の宝をまさぐっていると、ジャンヌがそのスーツケースの奥に古い鼻眼鏡を見つけた。レンズには油とインクの染みがついていた。こうして彼女は私に、屋根から下りるための梯子を差し出した。彼女は、私を夜から引き出したのだ。その時、人々は私の眼がきれいだと言った。鋭い眼つき。千里眼の資質。透視のできる占い師。お茶目な、深い、神秘的な、夢想的な、あるいは淫らな眼差し。会話の流れに合わせて。でも人々はこれを離れたところで言っていた。まずは私の杖のせいで。それに、私が拘束衣を着せられるほどすさまじい様子をしていたせいでもある。だからジャンヌが私のベッドに近づいてきて、皆が彼女に与えた忠告を聞いた時、とても驚いた。私はまた悪い冗談だと思い、上体を起こして、盲目ではあっても獰猛な眼差しを投げつつ、頭上に高々と杖を振りかざした。それから顔のそばで、ジャンヌの怯えた声が、洗ったばかりの「これ」を試すよう私に頼むのが聞こえた……。「これ」を、ああ……。

「あなたなのですか、ジャンヌさん？」

「そう、私です。誓います……」

それから彼女は繰り返した。依然として振り上げられている杖を恐れて。

「はい、誓います。マリーさん……」

私は覚えている。マリーさんという彼女の言い方で、すぐに心がとても和んだことを。それは最初に聞いた彼女の言葉であった。柄つき眼鏡を鼻の上に置いて、天国の光景が一挙に広がると、私は彼女に、顔の上で小刻みに震えるこの鼠のことを感謝しようとした。でも無理だった。喉からは何の音も出てこなかった。そこで頭を力強く振って、調子がいいと合図した。彼女も同様に私に応じた。小さく頷く合間に、賛同して嬉しそうに口をぱくぱくさせた……。

その後、私は再び彼女に言葉をかけようとした。でも、そのたびに、彼女を見るだけで喉が締めつけられて、木材のようになった。それで恍惚となった私が首を縦に振ると、彼女もおそるおそる同じようにした。中国の儀式のように。それから、いつも彼女のそばを通るたびに、無言で深いお辞儀をした。そしてベッドの上にいる時は、二人を隔てる入所者たちの向こうにその眼差しを探して、それが私に注がれていれば、私は首を振って、彼女もそうするまで続けた。これが私たちの関係であった。

＊

二、三回、私はすでに本物の会話を経験したことがあった。誰かに腹を割って話すということがあると知っていた。おそらく三回はないけれど、少なくとも二回。例えばダカールで、一九一五年に、プラン氏と本物の会話を交わした。それは明瞭であったけれど中身がなかった。そしてもっと最近、一九四六年に、モリッツ・レヴィ〔アンドレ・シュヴァルツ＝バルトの小説『最後の義人』（一九五九年）の主人公エルニ・レヴィの兄。ユダヤ人であるため、モリッツは家族とともに強制収容所に移送されたが、パリに生還した〕と私の間にはあの清澄さがあった。それは新鮮な水流で、ごく小さな石ころをも輝かせた。私は、存在しない、あるいはかろうじて存在する人たちとさえ会話したことがある。例えば、一九二六年のマクシム・ゴーリキーとの会話を思い出す。ある本で、彼が私のように、まったく同じように、独学者であることを知った時のことだ。何も特別なことを言っていたわけではない。私たちは小さいカフェの奥に座っていた。時にパリで、時にモスクワで、また時に、名前を忘れてしまった黒海の小さな港で。彼や私のような浮浪者が出没するこの港は、おそらく「マリヴァ」という短編小説にしか存在しなかった。パリでは赤ワインを、あちらではおいしいウォッカを飲んだ。リヨン駅のレストランで一度、私の先生との会話に耐えるためにウォッカを味わったことがある。私たちの交流はとても単純で、ただ、魂を引き留めるいくつかの言葉を発するのみであった。私はまず彼に言った。さて、ゴーリキーさん？　それに対して彼は親切に答えた。さて、マリー？　そして沈黙のあと、私は重々しい声で続けた。ああ、人間の苦しみは……。彼は呼応して言った。ああ、そうだ。再び沈黙があり、それから私はためらいつつ。そして人間の心は、ねえ？

「ああ、そうだ。人間の心は……」

私の指定席となった片隅にある大きなテーブルで「マリヴァ」を読み返していると、人の気配がした……。

振り向くとジャンヌが隣におとなしく腰掛け、食堂で配膳を待つように、テーブルの縁に両手を置いていた。その時、例の哲学に集中すると、彼女の両眼の間にはまっすぐな小さい皺ができることに気づいた。それははっきりと識別できる皺であった。というのも、彼女の顔にある他の皺は両手の襞と違いがなく、額の皺にさえ、場所によって肉の小さな隆起があった。それは、洗濯と床磨きをしすぎた彼女の両手首にある骨張った膨らみに似ていた。それに対し額の中央にある「哲学的な」皺は、他の皺とは異なり、もっと薄く、細く、浅かった。それは新しくて定着していないように思われた。確かにそれは、彼女のうちで唯一、思考を示す皺であった。

私は開いた本のページに両手を置いて、彼女が望めば話しかけられるようにした。それはまた、もし彼女がそういう欲求、勇気、あるいは内的な能力をまだ持っていなければ、そうしなくてよいということでもあった。でもやがて彼女を横目で見ると、私の手の下で開かれた本を見ているのがわかった。教養のない人に特有の畏敬——かつては私のものでもあり、完全に手放したことはない——を抱きつつ。そこで私はゆっくりと本を閉じて、少し横に押し出し、私たちの間の障害物を取り除いた。すぐさま彼女は眼を伏せたまま言った。

「あなたは知っていますか、私の哲学を？」

私は答えようとしたけれど、また喉が痛み出し、すっかり乾いて小石で塞がれた。そのためうやうやしく上半身を傾け、脇を締めて、力の限り涙をこらえつつ首を上下に振った。

「……結局のところ、マリーさん」彼女は口ごもった……。「よくよく考えて、ものごとの本質を見れば、結局のところ……私たちは皆、子どもなのよね？」

彼女は頭を上げた。そして、水滴を払うズアオホオジロのような挑戦的な一瞬の身震いのあと、彼女は二つの言葉からなるいつもの主題について続けた。フランス語のちょっとした二語を、息子が手で合図した日から、飽くことなく操っていた。時々、彼女はテーブルにいる他の女性たちに不安げな視線を送り、女性たちは私たちに近づいてきた。いやむしろ彼女、ジャンヌに。夜中にする合図のように、彼女が休みなく振りかざす二つの小さな道標に。この女性たちを見ることなく、ジャンヌは彼女たちの行動の指針となることを繰り返し、合図を明確にし、ついに哀れなほどゆっくりと説明した。発育の悪い子たちというのは、それほど難しくない……発育の悪い子たちは、つまり枝と葉が乾燥しているというだけ。でも心は老いるでしょうか？

それから自分の言葉に酔いしれて、いつものようにテーブルの隣人たちの方を向いて、突然に尋ねた。甘く、狂おしく、不思議な、待ちかねたようなその口調は、毎度、人々を飛び上がらせた。その口調は、いったい何に対してかわからないが、即座の賛同を求めているようであった。皆さんにお尋ねします。心は老いるでしょうか？

彼女の話し方がいかにまずくても、私はずっと前から、子どもの物語を通して彼女が何を言いたいのか、わかっていた。ジャンヌの第一の言葉については、私はずっと前から経験によって知っていた。そして数カ月間、盲目の状態で、私は経験を新たにしたところであった。それから私の人格の残りが完全なる闇へと沈み、世界についても私についても、右も左もわからなくなった。まるで、月と呼ばれる黒人女性オルタンシア〔マリオット（マリー）の母〕の腹から出たばかり、というように。

でも私は、ジャンヌの第二の言葉を理解することができなかった。哀れみという言葉である。それは、人生において何度も、理解したと思った言葉である。世界をめぐる旅路の間に。ギアナ、アフリカ、そして一九三一年にパリで。その時、小柄な白人女性たちにとって、私は役に立つ奇妙な黒人女性であった。それからまたパリで、某嬢を引き取った時。そして最後だと思うけれど、アウシュヴィッツから帰還したモリッツと再会した時。でも施設に入所して以来、もはや私には理解できない言葉、理解したくない言葉となった。だから私は、第一の言葉についてジャンヌが展開する変奏を評価しつつ、彼女が第二の言葉を発する言い方を恐れ、いくらか苦しんでいた……。

彼女は、私がこの言葉を聞きたくないのを感じていたはずだ。というのも、もう先延ばしできないという最後の時になってやっと、彼女はその語を発したからだ。しかし彼女はその道を極め、猫かぶりにもなっていたため、彼女の口から出ると、第一の言葉の当然の帰結のように思われた。

まず、彼女は話すのをやめ、三本の指を私の手に近づけて、そっと重ねた。それから、できる限りの力で私を凝視して、ついにはその瞼の端に小さなダイヤモンドが現れた。私の手を撫でながら、彼女は思いもよらない言い方であの言葉を発した。まるであの言葉が、私たち二人、彼女と私だけに関わり、他の誰にも関わらないとでもいうように。それはむしろささやきであった。まるでこう言うように。だから私は思う……哀れみを持つべき……。

その時、とても近くである声が叫んだ。

「おや、黒人も泣くのね？」

でもこの声には驚きしか含まれておらず、最初に私が恐れたものはなかった。私は杖を長椅子に戻して、乾きと闇の中で過ごした数カ月のあとに、私に起きたことにすっかり満足して、笑顔でジャンヌの方を向いた。彼女はほほ笑んで言った。実際は、そうよね？……実際は……実際は……。

おそらく彼女は、私が彼女を「哲学」もろとも肯定するのを期待していた。でも何カ月間も天使のマリー修道女に「ありがとう」と言うのみであったため、話すことは容易ではなかった。それでも私は試みに口を開いたけれど、何も出なかった。そこで彼女は私の手を見つけたふりをして、驚いて言った。

「すべすべしているのね……」

考え込んだ様子をしてから、より自然な声で言った。

「もっとすべすべしているかもしれない」

最後に、無邪気そうに。

「あなたの生まれた……あちらでも……結局は同じことよね？」

そこで私は、笑い出さないよう注意深く発音しながら言った。

「結局は……そう……」

すると誰かが大声で言った。

「どうしたことだ、黒人が話すとは？」

しかしジャンヌは振り返り、いくぶん厳しい口調で言った。

「放っておいてちょうだい……」

それから私に愛嬌ある眼差しを注いで、続けた。

「……彼女に私の哲学について話しているのよ」

私たち二人は一緒に笑った。まるで彼女はそれだけを待っていたかのように。それでも私はすでに、それが真の友情ではなく同情ではないかと自問していた——私が恐れていたこと、彼女の「哲学」は、ベール越しに見るように周囲の存在をぼんやり漠然としたものにしていたため、血の通った友情は彼女には無縁であったということだ。彼女が私たち全員に一様に与える愛はあまりに大きすぎたのだ。それは海のように広くて、どんよりしているように思われた……。

＊

冬のはじめから誰もが知っていた。彼女がもう二度と、マロニエの木の緑葉を見ることはないと。でも彼女は死を予感している人という印象を与えなかった。つまりはそこでこそ、策略をめぐらす彼女の非凡な能力が発揮されていた。私たちが来たるべき彼女の最期をベールで包んでいる間に、彼女は、その「哲学」に鑑みて、もっとも適切な立ち去り方を密かに考えていた……。

彼女が、知っている、ということを最初に私に悟らせたのは、救急車が雪に埋もれた私を助け起こした日の翌日であった。熱などのせいで私は霊安室に留め置かれたため、彼女に、私の書き物や思い出の品が入った包みを旅行鞄から取り出すよう頼んだ。旅行鞄はベッドの下にあり、皆が（とりわけプシュマール夫人が）、鍵がかからないことを知っていた。すると彼女は自分の鞄を引きずって来て、何も言わずに私に、その鞄の丸くて小さい鍵を差し出した。私は驚いた。

「あんただってまだ必要でしょう？……」

「ううん」彼女はほほ笑んで答えた。「もう必要ない。もうすぐ私が向かうところでは……」

こうしてジャンヌは、彼女なりの慎み深い、折り目正しい仕方で、初めて自分の死出に触れた。繊細な弓運びで楽器を弾くように。おそらく彼女はずっと前から知っていた。九月には知っていたのかもしれない。でも恥じらいから、言及することはなかった。彼女は、音を外すことを恐れて弾き始めるのを躊躇する、ひどく慎重な名手のようであった。やがてすぐに音楽の翼に乗って飛び立つとしても。ジャンヌはこのように自分の死に向き合っていて、すぐにそれを優雅に奏で始めた。そこで示された彼女の才能は、このささやかな敷地内では稀なものだということで皆の意見が一致した。彼女は「哲学」の音に美の音を付け加えたかった。まるで最後になって彼女のうちに現れた人生の芸術家が実力以上を発揮しようと、古い粗末なヴァイオリンに控えめに身を傾けて、かつてない響きを引き出そうと努めるように……。

私を打ち明け話に引き入れた日、彼女はすでに、機知に富んだ策略を細部に至るまで巡らしていたのだろう。というのも、実際、私が霊安室を出る前から、彼女が改宗したという、人々を騒がせる噂が伝えられていた。異教徒であると疑われていた彼女を、厳かに父の家たる教会に連れ戻すのは、マリー修道女と司祭様にとって大いなる喜びであった。でも私は、何か裏があることを、クレオールの小話のように、ひっくり返した桶の下により美人が隠れていることを知っていた〔カリブ海アンティル諸島の民話。二姉妹のうちより美しい娘を見初め、求婚に訪れた男に、母親は別の娘を嫁がせようと、美しい娘を桶の下に隠した〕。翌日、彼女が喜びを装った口調でこう言ったからなおさらである。

これで私は神様に目をかけてもらえる。さあ、さあ、さあ……。そこではっきりと私に目配せしたため、彼女が正気かどうか、一瞬疑ってしまった……。

でも彼女の老獪かつ緻密な計画を私が理解したのは、それからたった数日後であった。

それは三週間前の日曜の朝、ミサの帰りであった。もし共同寝室を、熱があって興奮した病人の身体に喩えるなら、ミサはしばしば三十分間の小休止を私たちにもたらすと言うことができる。罪の重さは軽くなり、無名の巨大な身体もまた小康状態となる。マリー修道女はベッドを巡って、抱えた頭陀袋から甘い物の小さな包みを取り出していた。募金活動をした若いキリスト教徒の団体、たぶんボーイスカウトからもらったのだろう。かつて、私はいかなる形の施しにも腹を立てていた。でもこの日、人間の立派な企てがもたらす成果に思いを寄せながら、私は急に、若者たちの善行に価値を見出していた。どれほど揶揄されようとも、そうした善行は少しのたばこ、糸、毛糸、針となり、私たちの手に届けられた。

マリー修道女はふと、この日ちょうど元気であったジャンヌのベッドの前で立ち止まった。

「今日のご気分はいかがでしょう、二十七番？」

「修道女さん」ジャンヌは冷静に言った。「私は主のもとで心安らかです」

彼女は腕を組み、静かに頭を揺すった。改宗以来そうしているように。

マリー修道女は返答の明確さに驚いたようだった。彼女はまだこの新しい状況に慣れておらず、かってジャンヌの「哲学」にかき立てられた不信がまだ少しその胸に留まっていた。ジャンヌは時に、教理問答を思わせる文言を発していたが、決してそれを神に結びつけることはなかった。それでも修道女は感動したようであった。

「ジャンヌさん、その状態でしたら、横になっていなくては。おわかりですね……」

「でもどうして、マリー修道女さん？　もう大事にする必要なんかないのよ。すっかりよぼよぼの」ジャンヌは軽く頬を叩きながら言った。「もうすぐ生まれ変わるというのに、この年老いた骨を繕って何になる？……主はありのままの私を受け入れてくださる。他の老婆のこともご覧になったのだから……」

ジャンヌが乗っている糸は細かったが、彼女は完全な名人として歩いていた。古いジャンヌと新しいジャンヌとが見事に混ざり合う神秘に引き寄せられて、老婆たちがすでに集まってきていた。それに死はとても危険な主題であるため、誰か他の人の死に触れるほうがよい。「くたばった」人が日常会話のような口調で死を語るのを聞くというのは珍しいことだ。私も近寄ってみると、ジャンヌの穏やかな外見の下に、秘められた緊張、子どもっぽい興奮のようなものが認められた。そのせいで、彼女が贈り物の紐をほどきながらこう言った時、軽く声が震えていた。

「ところで、マリー修道女さん、私の息子にすべて話してほしい。私が光を見出して、穏やかに旅立ったことを……」

「お会いにならないのですか？」

ジャンヌは狼狽した様子で、その両眼はくすんだバラ色の水で満たされ、それは一瞬にして頬を伝った。その間、彼女は適切な答えを必死に探していた。

「いえ、いえ、私は困らせたり迷惑をかけたりしたくない……。彼に言ってほしい。私が思いがけず死んでしまって、知らせられなかったと……」

それからすぐに気を取り直して、明るく澄んだ一筋の声で付け加えた。わずかの濁りも乱れもない声は、共同寝室に不意に訪れた沈黙の中で奇妙に響いた。

「特に彼にこう言ってください。私はすべて理解したと……。私はすべて理解したのだから彼が気に病む必要はない……。そして私が穏やかに旅立ったことを。私は少しあとに、向こうで、天国で、彼と再会することを知っていたのだから。私たちにとってすべてがここより容易になるところで。アーメン」

彼女はもう一度、穏やかに、同じ確信をもって発音した。「アーメン」と、見事に演奏したばかりの小曲を、より際立たせるかのように。それから周囲をうかがって静止する一方、その小さな眼は、私たち皆の顔の上を巡っていた。まるで、彼女が弓で新たな主題を演奏するのを可能にしてくれる、返答、ほほ笑み、かすかな疑いを乞い願うように。

「もしあなたが天国に行かなければ？」その時、半ばおどけて、半ばまじめに、人のいいプシュマール夫人が言った。彼女は、とりわけ核戦争論者たちから届いたいくつかの笑いに後押しされて、やはり両義的な言い方で皮肉な言葉を続けた。「あるいは、あなたが行ったとしても、息子さんが行かなければ、どうやって再会するのかしら？」

「あなたが言いたいのは」ジャンヌが言った。「私が煉獄へ行くということ？」

「いえ」ためらいがちにプシュマール夫人が言った。「……その、もしあなたが地獄へ行くとしたら？」

この時までジャンヌの表情にはいくぶんの緊張があった。でもプシュマール夫人の指摘のあとには、勝利の感情とともに疲労がよみがえってきて、返答する前に、ベッドの上で彼女の両足をより心地よく伸ばしてもらうよう周囲に頼んだ。それからほほ笑みによって、望んだ地点に到達したことを示した。

「地獄はありませんよ、プシュマールさん」彼女は率直に言った。

この革命的な発言に、軽いざわめきが続いた。それが収まると、ジャンヌは確かな語調で続けた。

「煉獄がないとは言いません……。それは一種の待合室、つまりは告解場……。人々は犯した罪を数えて、家に入る前に、汚さないよう身を清める……。でも地獄については、なぜあなたはそれが存在することを望むのでしょう、プシュマールさん？」

そして激怒した様子で、人差し指に非難をこめてプシュマール夫人の方に突き立て、興奮で眼を輝かせて言った。

「あなたは、ここにいる幼な子たちのうち（私たち全員を指し示すように手を一周させた）、誰かが地獄行きに値すると思うのですか？　神様は、ここの幼な子たちを送り込むために、わざわざ地獄を作られたのでしょうか？　イエスはそれをお認めになったのか？」

確信に満ちたジャンヌに気圧されて、数人の老婆は頷いた。「結局のところ、そうね、ああいうものは奇妙に思えてくるわ……。あなたはどう、ルクルトルさん？……」しかしプシュマール夫人は少し腹を立てて、なお激しい攻撃に打って出た。今回は怒りを隠さなかった。「あなたがたもよくわかっているでしょう、地獄は存在するって。さあ！……天使のマリー修道女に聞いてごらんなさい……」

聴衆の間にざわめきが起こり、マリー修道女に視線が向けられた。彼女は困惑した様子で躊躇していた……。

ここでジャンヌはさらに腕を上げて、息子の出現によって骨が打ち砕かれた日に自力で作り上げた楽器を完璧に操った。彼女が乗り、歩んでいる糸はますます細くなっていたけれど、私と、驚愕して頷いているビタール夫人を除けば、この日ジャンヌが到達した高みに誰も気づいていなかった。確かに、彼女は自分の作り話を本気にして、この幼な子たちのための地獄という考えに改めて涙を流しながら、ベッドに座り、動かずにいた。しかし同時に、虹色の輝きを放ちながら、彼女に明るい笑顔が浮かんだ。穏やかで、自信に満ちた笑顔。それはあまりに澄んで美しかったため、もう少しで私自身の確信も揺さぶられそうであった。

「なんとあなたは無邪気なのでしょう。かわいそうなプシュマールさん」彼女はマリー修道女の返答を待たず、すぐに言った。「地獄は、この幼な子たちを怖がらせて、おとなしくさせるためだけのものです……。どうしてあなたはほしがるのでしょう、こんな地獄なんてものを？……それならあなたは本気で、子豚を狙う悪者の狼のことも信じているのでしょうか？」

笑いが起きて、ジャンヌは続けた。さらに涙を流しながら。

「あなたは見たことがありますか、子どもを脅すのに、狼が来るぞ、以外のことを言うお母さんを？……あなたは見たことがありますか、子どもを狼の口に放り込むお母さんを？……修道女さん、彼女に教えてあげて」ついに彼女は威厳をもって言った。「地獄はないのだと！……彼女に教えて！……」

マリー修道女はこの騒ぎを甘んじて受け入れ、しかも彼女自身、そこに参与しているようであった。その顔には恐怖の血が充満し、青白い両眼は聖職者としての慎みをすっかり失って、角頭巾の下で、檻の中の獣のようにさまよっていた。

「いえ、いえ」かろうじて彼女は言った。「……地獄はありません」

「それに、もしかして煉獄すらも？……」ジャンヌは執拗に尋ねた。

「もしかしたら、それも」マリー修道女は安堵した声で言った。一方、その身体と顔は、突如、服の内側で漂っているように見えた。

その時、私は不意に、あることを理解した。おそらくジャンヌはずっと前から見抜いていただろう。それは、マリー修道女も、同じ空気を吸いすぎたせいで、私たちのひとりとなってしまったこと。ただ、私たちのひとりに。

「おや、眠っているの？」その時、誰かが言った。

確かにそうだった。疲労困憊のジャンヌは、私たちに囲まれて、まるで臆面もなく、瞬時に眠り込んでいた。彼女は真剣な顔つきをしていて、頬に集まった血は引き返し、「くたばった」人特有の青色と象牙色に取って代わられた。そして骨のみとなった鼻からは、ビオラのような軽いいびきが聞こえていた。音楽が終わった時にオーケストラピットで消えていく音のように……。

＊

その後、プログラムの最後の演目となった。ジャンヌが向こうへ持っていく「伝言」である。それはすべて、まるで彼女が旅に出るように、とても平穏になされたため、共同寝室のわずかな不信仰者たちも感銘を受けていた。マリー修道女もプシュマール夫人も、この夢幻劇に抗いはしなかった。ビタール夫人はといえば、最後の頃に、おそらく心痛のせいで降伏した。でも私は、（意に反してであ

って も）平静を保つメリットはなかった。なぜならジャンヌは、この新たな主題で最初の和音を弾いた時から、私を演奏に加えようという疑わしい心遣いを持っていたのだから。私は皆と同様にジャンヌの周囲に腰掛け、ジャンヌは皆の夢見るような注目を浴びて、大喜びで君臨していた。突然、私の方に身を屈め、そっと耳打ちした。あんたは、誰かに何か伝えてほしいことはないのかい？……仰天して彼女を見ていると、私のために下卑た目配せをした。そして、また真剣になって皆の方を向き直り、何もなかったように続けた。

「もし私が天国へ行かなければ、ですって？　例えば、私がただ煉獄だけに行くとして、皆さん、煉獄にいる誰かに何か伝えたいことがある人はいませんか？」

ビタール夫人は疑うようなしゃっくりをした。先刻から頭を左右に揺らして、丸く見開いた両眼をジャンヌに向けていた。彼女は、冗談のように思われることに意味を見出すことができず、かといって公然と逆らうこともできずにいた。他の老婆たちの中に彼女と同じ考えの者がいても、誰もジャンヌの真剣な言葉を公然と否定することはできなかった。皆がうっとりとして彼女を見つめ、人が思いきって死について語るということに幸福を感じていた。先ほどのように諧謔が潜んだ語り方でも、あるいは、天使のマリー修道女の言葉すべてより励みになる、あの穏やかな確信のこもった語り方でも。

「本音を言うと」ガニュゼン夫人がばつの悪そうな笑顔で話した。「あなたが私の夫と天国で出会うなんて、ちっとも信じていないのよ。だって……いや……私には言えないわ。でも、あの人は天国にいるはずがない……だから、とにかく私の伝言を伝えてください。夫が煉獄にいるとしても、そうよね？」

「言ったじゃないですか、さあ……」

この時、プシュマール夫人が前日の攻撃を繰り返した。

「もし彼が地獄にいたら？」

聴衆たちが一瞬ざわついた。ガニュゼン夫人が恥ずかしそうに、めそめそし始めた。まるで最初から、彼がこの滅びの場にいることを知っていたかのように。彼女の夫は居酒屋や売春宿に入り浸っていた。しかしジャンヌはプシュマール夫人の質問にまったく動じないようであった。一瞬、彼女の口元に、軽い、皮肉っぽい笑みが翻ったようにさえ思った。「死」以前には一度も見たことがなかったものだ。

「天使のマリー修道女が」彼女は得意そうに言った。「地獄はないと言っています。そしてあなたはあると言う。率直に言って、誰を信じたらいいのかわかりません……」

「マリー修道女がどう言うかは問題ではありません。カトリック教会の教えが重要なのです。ローマ教皇庁に、光栄にも私は……」

「プシュマールさん」ジャンヌが遮った。「では、地獄があるということが、あなたをそんなに喜ばせるのですね？　あなたからそう言われるようなことを、私は何かしましたか、ねえ？」

もうおしまいであった。プシュマール夫人は早口に数語を言い、皆からの非難を浴びながら退室した。聴衆たちは一息ついた。少しして、疲れきったジャンヌは、挨拶もせずに消えることを詫びて、眼を閉じるとすぐにいびきをかき始めた。一日に数回必要な小半時間の休息をジャンヌに与えるため、すでに皆、立ち去っていた。ジャンヌの枕元にはビタール夫人だけが残り、疑い深い様子で頭を揺すっていた。呑み友だちの落ち着きに感嘆したようであった。しばらくして、私の観測所から、ある人影がジャンヌの枕元に近づき、彼女と長い会話（ささやき声であったが）を交わすのが見えた。私は理解した。それは、あの世への伝言をジャンヌに託そうと決意したばかりの別の老婆であった。続く数日間に、男たちまでもジャンヌに近づいて耳元で何かささやいていた。でも彼らは概してお忍びでやってきた。おめでたい女たちのたわ言など歯牙にもかけない他の男たちの冷やかしを恐れて。天使のマリー修道女はといえば、その態度はいくぶん奇妙なものであった。地獄に関するプシュマール夫人の質問に対しては、用心深い沈黙の背後に立てこもった。そして彼女は何かにつけジャンヌに接近していた。共同寝室でも、食堂でも。ジャンヌは、脚が動く日にはまだ食堂に下りていた。当初は漠然とした苛立ちや敵対心が滲んでいたが、修道女もやはり、すぐに陽気な表情を見せるようになった。それは今や、ジャンヌと関わる際にすべての入所者たちに分かち持たれていた。さらにすごいものを、数人の男たちに不意に見出すこともあった。口を軽く開いた、待機や問いかけの表情である。それはおそらく、マリー修道女にもジャンヌを通して届けたい伝言（たぶん「こんにちは」とただ挨拶するだけ）があったのに、頼めずにいたことに由来していた。異世界への執りなしにかけては、他の誰よりも適した立場にある修道女の威厳ゆえに、彼女はそれを蔑んでいた。あるいは男たちのその表情は、もっと単純に、彼女がジャンヌの秘密を看破しようとしていたことに由来していた――ある者たちはビジョー夫人が「幸せ」になった時にそうした――。その魂の秘密は、ジャンヌの生涯の最後の数週間に、女性たちの共同寝室に、平和で、陽気で、平穏な雰囲気を回復していた。修道女が記憶する限り、この施設にはかつてなかったことである。

ついに私の番がきた。抜け目のない彼女が私のために企んでいたことが、先週の日曜、一九五三年三月九日、彼女の旅立ちの直前に……。

5

　ジャンヌが「哲学」について私に最初に話した時から、私への彼女の感情が実のところどういうものなのか、ずっと疑問に思っていた。シダリーズ叔母と同様、彼女は、タールの樽の中でも眼が見える狡猾なタコであった。彼女が私たちに突き刺す眼差しによって、私たちはひとりひとりの小さな身体に独自の震えがあることに気がついた。ならば、ジャンヌという巨大な哀れみの波において、私が他者よりも恵まれているということが、ありえただろうか？　確かに彼女が裏切ることはなく、思いやりがあった。それでも、もし裏切りがあったら？……もし、まさしくジャンヌが私の疑いを察知して、彼女の無限の優しさゆえに、私におまけの同情を与え、それを私が……？

　私の不安をさらにかき立てたのは、彼女の言葉を吹き抜ける躊躇や疑いの風であった。急に、彼女が自分の役割に疲れているのが感じられ、わずかな辛辣さがその言葉に忍び込む。マリー修道女も、私たちの上に愛の小さなボールを弾ませるのに明らかに苦戦して、それを天に投げてしまう日があるように。それから、マリー修道女も同じだけれど、ジャンヌのスイッチが入って、すべてがまた動き出す。それは容易ではなく、時に彼女は強制されたような顔つきになることがあったけれど。すると、マリー修道女の愛の前でそう感じるように、ジャンヌの愛の前でとても孤独であると感じた。

こうした日々、ジャンヌが音を「無理に出して」いた時、ビタール夫人の境遇をいたく羨ましく思った。彼女は私と違って、日々、自問自答もせず、愛の証しを期待することもなかった。二人を結びつける呑み友だちとしての歴史は、結婚を思わせるものであった。「酒宴」の最中に、有頂天になった顔を赤らめて、酔っ払いの歌を歌い、笑っている二人を見ると、肉体の祝祭さながらであった……。

でも何より私を悲しませたのは、黒人だから特別に「おまけ」してくれているのではないかという疑いであった。彼女にはそれができることがわかっていた。彼女は悪行と同じくらい善行をなすことができたのだ、ああ……。こうした狂気にほほ笑みながら、時に私は思った。

＊

その日曜の朝、私にしかるべき分け前を与えようと、ジャンヌが何か企んでいることに私は気づいていた。とりわけ動揺して、落ち着きがなく、両手を擦り合わせる様子から、私は、彼女には熱があるのではないかと心配した。彼女はしょっちゅう窓際に戻っては、空から何か不都合なものが到来するのではないかと恐れていた。二月の雪解け後で、晴れわたっていたけれど。二日前から彼女はまた歩くようになっていた。でも人々は、彼女が取り組んでいるのは最後の傑作であることを知っていた。あまりに痩せて、紙のような薄い肌に覆われた小骨の小包となっていたため、彼女がどうやって立っているのか疑問に思うほどだった。十二月にナイト・テーブルに見つけた、共同寝室でまだ生きていた最後のハエの残骸のように、縮んだ翅鞘と脚の堆積に、急に姿を変えてしまいそうであった。しかし朝食時に、私に疑惑を抱かせる、確かなことがあった。まず、階段を下りながら私の後ろに来て、私がいつものように踊り場でひと休みした時、彼女も立ち止まって私の腕の脂肪を軽くつまもうとしつつ、何度かささやいた。「あら、元気？　あら、元気？」それからビタール夫人が私の方に下りてくるのが見えて、追い越しざま、私が塞いでいた階段の手摺りの代わりに、一瞬私の腕にすがった。私が振り向くと、ビタール夫人は挨拶するように頭を下げたけれど、私の背後にいるジャンヌの存在に嫉妬したり気を悪くしたりはしなかった。さらに、彼女は私の前を通りながら共犯者の笑みを浮かべたようだった。まさにその瞬間、彼女の呑み友だちの死が差し迫っていることを理解し、ジャンヌが私を軽くつねり続けていることを少し気まずく感じた。ジャンヌとの最後の時間を私以上に必要としているはずのビタール夫人から、それだけ熱を奪うことになったから。

食堂でもそれが継続した。ジャンヌはビタール夫人の隣のいつもの席に座った。私の席からテーブル数台分を隔てて。でも私が彼女の方を振り向くたびに、私に向けられる眼差しに出会った。彼女は興奮して頷いていた。その時ビタール夫人も敵意なしに私を見つめて、保護を求めるようにジャンヌにぴったり身を寄せていた。まるでジャンヌではなく、彼女のほうがより具合が悪いかのように。

昼食のあと、私たち全員が共同寝室に戻った時、二カ月ほど前に書くのを投げ出して以来そうしていたように、私は服を脱いでベッドに潜り込んだ。突然、誰かの手が掛け布団を持ち上げるのを感じて、鼻眼鏡を合わせると、ベッドのそばに人影が見えた。ジャンヌであった。

彼女は外出用の服装をして、いわく言いがたい表情を見せていた。おそらく楽しもうという表情。おそらく。彼女はただこう言った。ちょっとひと回りしてみない？　起き上がると、賛同するように私たちの方を見ているビタール夫人が見えた。私が躊躇していると、ジャンヌは私をベッドから押し出し、一番きれいな装いをするよう強要しながら、ただこう言った。

「時間がないの……時間がないの……」

「急ぐ必要ないわ。今日は七時までに戻ればいいのだから」

「そういう意味じゃない」彼女は言った。「私はちょっとだけ日差しを楽しみたいのよ。たぶんすぐに終わってしまう」

私たちは共同寝室の扉を通り、ビタール夫人に軽く合図してからコートを着て、庭で落ち合った。少し寒かったけれど、頭上の空に昔ながらの小さな太陽が出ていたせいで、すっかり明るかった。

外では、シャーピー氏の周囲に集まった通行人を、数人の老人たちが見ていた。布張りの椅子に腰掛けたシャーピー氏は鳥笛を吹いて、この小さな集団の上空へと、音を舞い上がらせていた。私たちは彼に無言で頭を下げて挨拶すると、施設は見えなくなった。

＊

「歩ける？」

「なんとか。でも、もっとゆっくり。それにお願い、もう少しあんたの肘を上げて……」

それが、外出してから私たちが交わした最初の言葉だった。私はジャンヌがつかまりやすいよう肘を上げて、二人とも小さい歩幅で前進し続けた。私が太ったアオウミガメだとすれば、彼女は、その曲がった脚にぶら下がった、庭に棲む小ぶりのカメであった。雪中の冒険以来、私は外出していなかった。その日と比べて、アルヴァズ通りは様変わりしたようだった。それはおそらく、十一月末に石の街並みを覆い隠す大量の雪のせいであった。雪の季節にはヨーロッパの街は難破してしまう。あらゆる線が薄くなり、自然がすべてを包み込む。雨は、石の一部となってしまうので、同じ効果をもたらしはしない。対して雪は、視野を一変させ、歩道を怪しげな滑走路に、建物を岩の堆積に、通りや広場をこの世の夢幻郷に変えてしまう。アルヴァズ通りのリュクサンブール公園側に沿うプラタナスの柵の下にまだ残っている小さな雪置き場に見入りながら、そういうことを考えた。私はこの雪の名残をむしろ愉快なものだと思った。あまりに光り輝いて、本物の散光玉であった……。また、屋根の上には、過日の面影のように漠然とした雲のスカーフが浮かんでいた。それは、あまりに鮮明で、温かく、人間的な青色の中に漂っていたため、上を見ているとめまいがするほどだった。ジャンヌも同じ印象を持ったようで、転ばないよう私にしがみつきながら、こう言った。

「この空の色、あんまり青いから……めまいがしてしまう」

不意に私は、この両腕に軽い襤褸着を残して、彼女がこの青空へと飛び立ってしまうのではないかと恐れて、ふざけて言った。

「ねえ、娘さん、こうやってのろのろと遠くまで行くつもり？」

「いやいや、すぐそこだよ……」ため息とともに言った。

彼女は指で、アルヴァズ通りとブノワ＝ボーシャン通りの角にある上品な菓子屋を私に示した。時々そこで足を止めて、ケーキや、奥に座って食べている人たちに見入ることがある。私はジャンヌに狂気の沙汰だと言ったけれど、彼女はポケットから小銭とお札を取り出した。私は理解した。私が黒人であるというただそれだけの理由で、私におまけの同情を与えようと、有り金を持ってきたのだ。ああ、ああ、彼女が企んでいたのはこれだったのか。そう思い、奇妙な悲しさを覚えた。

横断歩道を渡る直前に、ジャンヌは一瞬立ち止まって、周囲に息子がいないか、四方を見渡した。

そして私は無意識にアンティル人がいないかを見て、二人とも笑った。

「車に注意する必要があるわね」彼女は気持ちが通じたように言った。

私は杖の先を側溝に固定して、右腕でジャンヌの脇の下を掴み、ブノワ゠ボーシャン通りから飛び出してくるいつもの無謀な車に備えた。

「ああ、そうだ」ジャンヌは確信した口調で言った。「ジャルマン夫人がひかれたのはここだわ……」

かなりの部分、私が彼女を支えているのをわかっていないようであった。疲労と、冷たい空気と、間近に迫った死への思いに、彼女はすっかり酔いしれていた。とても強いアルコールと同じで、死が迫っているという意識を彼女の半開きの口で飲み込むのは難しいようであった……。

喫茶室と呼ぶこともできそうな、菓子屋の奥にある小さい試食テーブルの周囲には誰もいなかった。食器棚にはごく小さいカップがいくつか見え、ジャンヌが驚いているのがわかった。彼女はうまく話せずに、ため息をつき、眼をきょろきょろさせて息を切らしたからだ。ついに彼女の視線はウエートレスに止まり、並外れた優雅さで言った。

「お嬢さん、コーヒー二ついただけますでしょうか」

二分後、ウエートレスは私たちの二つのコースターの上に日本製の茶碗を置いた。するとジャンヌは、先ほどとはまったく違う口調で言った。

「私が頼んだミルクティーはこれなのかい？」

「そうでございます」ウエートレスは私たちの口出しに少し不安になって言った。

彼女が離れるのを待って、私はささやいた。

「コーヒー二つと言ったんじゃないかい？」

「ミルクティー二つと言ったのよ」ジャンヌは大声で言った。「彼女に気づかせる必要があったわ」

それから軽く咎めるように付け足した。

「人生、されるがままではいけないのよ」

「よくやったわ」

見るからに、彼女は通りを少し歩いたことにまだ酔っていた。椅子の上で身をくねらせ、歓喜のせせら笑いを発していた。そして突然、夢見るような沈黙に陥った。ある時ジャンヌは声を張り上げて、キャスターつき食器台を押して近づいてくるウエートレスにかまわず言った。

「一カ月前、いったい誰が、私たちがここに来られると思っただろう？」

「ねぇ、ジャンヌ」少し気まずくなって言った。「あまりふざけるもんじゃないわ……」

彼女は驚いて私を見たけれど、すでに自分のために二つの菓子を選んでいて、面白くて不格好な形の中に何が入っているか、どうやって作るか、焼き時間や仕上げの複雑さはどうかを説明していた。私はただプラムケーキの類いがほしかったけれど、彼女は強制的に、私の皿のプラムケーキの隣にコーヒー味のエクレアを追加させた。その間も彼女はあまりに詳細な説明を続けたため、ウエートレスから菓子屋だったことがあるのかと尋ねられた。

「ある意味では」ジャンヌは慎重に言った。

食べながら、そして「おいしい、おいしい、おいしい……」と絶えず繰り返しながら、彼女は私に二人目の男について話した。ミルフィーユが得意な菓子職人で、夜通しパイ生地を発酵させた。夢中でケーキを語る彼女は私の存在を忘れてしまって、いわば天使たちに話していた。自分のお茶と、ディプロマット・プディングと、時に舌先でなめる指以外は何も見ずに、「おいしい、おいしい、なんてこと、おいしい……」と繰り返した。急に彼女は動きを止め、不審そうに下から上に私を見て、ある言葉を正面きってぶつけてきた。それは彼女が以前から思っていたことで、私をこの外出に誘った時にはおそらくすでに頭にあった。

「私がしゃべるばっかりで、あんたは何も言わない。いつものように……」

「いつものようにって、どういうこと?」

「なんでもない。なんとなしに言ったの……」

「あら、ごめんなさい。あんたが、いつものようにって言ったものだから」

「本当のことじゃない?」私のしつこさに負けて、ついに彼女は言った。最初から、まさしく彼女はそれを言いたかったのだけれど。「本当のことよね? あんたは私のすべてを知っているのに、私はあんたのこと何も知らない。そして私は、明日か明後日にでも、死んでしまうかもしれない……」

「いったい何を知りたいの？」

「何もかも」彼女はひと息に言った。「あんたが書いていること、家族、友だち……。もしかしたらあんたと私は、あんたの島で再会して、カザックを着て尻はむき出しのまま、野や丘を駆け回るかもしれない。その前に、あんたの存在を感じて、あんたが誰なのか知りたいのよ」

私はためらってから、不安に胸を塞がれつつ言った。

「いや、それは無理よ」

「何が無理なの？」彼女は急に、見たことのない険しい顔で私を見ながら言った。「私から逃げるつもりね。あんたは、私があんたのささやかな秘密を天国に持って行って、神様がそれで尻を拭くのを恐れているの？　いいこと教えてあげるわ、私のマリーちゃん。あんたの肌の色なんて、私はどうだっていい。あんたが友だちなのか、偽の友だちなのかを知りたいの！……」

彼女は私を食い入るように見て、しばらく沈黙したあと、続けた。

「あんたは誰にも手紙を出さないし、面会も受けない——今まで、誰もいい人はいなかったの？　ずっと一匹狼で生きてきたの？」

「ごめんなさい、ジャンヌ……」

私はまた「ごめんなさい」と言ってから、某嬢と親愛なるモリッツ・レヴィのことを話そうとして、一言目で泣き出してしまった。アウシュヴィッツからの帰還後、モリッツにとって再び生きることは難しかったのだと彼女に話した。人生を終わらせた惨事〔カリブ海連作を締めくくるものとして構想された出来事であり、『青バナナ入り豚肉の料理』でも言及されているが、詳細は不明である〕について私に責任があること、そしてなぜ、手紙も、面会も、アンティル人も、何も望まないのかを語った。

彼女は、考えは言わずにただ、「いいのよ、いいのよ」と言って両手をすり合わせた。それから以前のように私にほほ笑みかけたので、私はこの上なく心地よかった。

「でも今ではあんたは「幸せ者」よね。そのせいで変わりはしないのかしら……？」

「ああ、息をつかせて……」

「いいのよ、いいのよ……」

彼女はまた両手をすり合わせて、急にどこからかゴロアーズの真新しい箱を取り出し、飢えた人がするようにテープを外した。不器用に私の口にたばこを突っ込むと、機関車のように自分のを吸い始めた。時折、彼女は私に鋭い一瞥を投げかけ、何かわからない測定でもするかのようだった。こうしたすべては、不安と憐憫と笑いを一気に呼び起こすものであったため、私は流れる涙を警戒することを忘れてしまった。彼女は、私が鼻眼鏡を拭いている隙にまたもや探ってきた。

「それにあんたが書いているものは、いったい……」

鼻眼鏡を外して入り込んでしまった闇の中で、私はふざけるしかなかった。

「話したいけれど、別のことを話すほうがいいかもしれない」

「いや、そんなことない」

「あんたはよく知っているわね、私が「幸せ者」になってから、もう何も書いていないこと？」

彼女は、私が言い返せないよう、とてもゆっくり、言葉を選びながら言った。

「私が知りたいのは、わかるわね、気のふれた黒人女性のことよ。話しもせず、笑いもせず、犬のように吠えて、杖を振り回して、何か書くためにテーブルの隅っこに行ってしまう……。私は誰かがこんなにわめくのを聞いたことがない。どうしてこの女性が、夜中にあんな大騒ぎをするのか知りたいのよ……」

私は穏やかに言った。

「それは言えないわ」

それから私は鼻眼鏡をテーブルの中央の受け皿に置いた。そして判決を待つように、見えない両眼をジャンヌに向けた。とても長いことそうしていたけれど、もしかしたら一分だけだったかもしれない。私の顔の近くで、彼女が軽く呼吸したのが感じられた。そして私の片方の手に小骨が置かれ、最後に、二人の間に横たわる沈黙を飛び越えるような、彼女の陽気で軽快な小声が聞こえた。

「マリー、あんた不思議な人ね。あんたみたいな変な人、会ったことないわ。あんたの言う通り。それに私だって、あんたにすべてを話してはいない。ちょうどそのことを考えていた。もうじき、私が永久に持ち去ってしまうことを……。さあ、黒人のおばあちゃん、たばこを吸えるように口を開けて……」

「でも、私が書いていることについてなら、話してもいいわ。喜んでもらえるなら……」

「ぜひ話して」

そして私は、一九二〇年からの、文章を書くことと私との関係を彼女に話した。なぜ、どうやって、その他諸々。

時々、私はある言葉について詳しく語り、あるいは沈黙を巧みに操り、すぐさま耳を澄ませて、若かった私の無分別を彼女が笑っているか知ろうとした。でも私には、小さな呼吸以外まるで何も聞こえなかった。終わりに近づいた呼吸は軽くて早かった……。

すぐさま私の物語を再開し、できるだけ、私が知っているジャンヌに馴染みの領域から、言葉、考え方、論法を取り入れようとした。ある時、私は絶望して中断した。すると彼女が私の口に、もう一本のたばこをくわえさせたのがわかった。その後、鼻眼鏡をかけたかったけれど、彼女は受け皿に置いた手で制止した。なぜ彼女が、私がこうして闇の中で、彼女の顔を見ずに話すことを望むのか、あえて尋ねることはしなかった……。

長い沈黙のあと、彼女は言った。

「正直に言うと、かわいそうなマリーちゃん、あまりわからなかったの。わかったとすれば、三人でひとりという話……。いいえ、心配しないで。あんた、自分が三位一体だと言いたいわけじゃないわよね……。すでに感づいていたのよ。あんたは三人の……。二人でひとりという人にはよく会うけれど、三人でひとりとは、冗談抜きで、珍しい……。あんた、もう一度聞かせてくれる、三人の話を？」

「そんなに珍しくないわよ。違う？」私は少し気分を害して言った。

「いや、ただ、私にはわからない……」

「私の故郷アンティル諸島では、それはぜんぜん珍しくない。狂人たちはしょっちゅう三つの声を聞いているのよ。第一の声は黒人の声で、私たちの言葉で語りかける。第二の声は白人の声で、フランス語を話す。つまり、フランス語で話そうとして、できる限りまねをする。ついでにあらゆる立派な表現も使う。とても複雑で、珍しくて、上品な。それが第二の声……。ああ、私も、改めて考えると笑っちゃう……」

「そして第三の声は？」そう尋ねるジャンヌは、私の話に強く興味を引かれたようであった。熟考する人のように、彼女が立てる唇の吸いつくような音から判断する限りは……。

「第三の声は、白人の声であり、黒人の声であり、自分でも何者かわからない。狂人がこの声を聞く時は、あちらへ、こちらへと転がってしまう」

「ねえ、あんた、本当に私をからかっていない？……」

「少し、ほんの少しだけ。だって、この声は本当にあるのよ、第三の声は。でもそれを、常に作り出さなければならない。だから、わかるわね、私が文章を書くのもまったく容易ではなかった。なぜって、この第三の声は、最初の二つの声をすりつぶして、混ぜ合わせて、色を塗って、そうやって話すしかないの……。巫女のように……。でも今ではそれもおしまい。私は「幸せ者」になったのだから」

ジャンヌはほほ笑んだ。

「シャーピーさんもそう言うわ。鳥笛の中に、何か外に出せないものがあって、彼はもうやめにすると言う……。それからまた鳥笛を手にして……例えば、彼に浮かんだものを演奏するため……」

彼女はためらい、付け加えた。

「あの人の鳥笛、わかるわね。私はそれが、私の哲学と同じくらいすてきだと思っていた……」

そして私の方に身を屈めて。

「……それに、あんたの文章と同じくらい……」

「そう思うの？」私は動転して言った。

私は眼を見開いて、菓子屋の陳列窓から差し込む赤い陽光に包まれたジャンヌの輪郭をおぼろげに見た。

「あんたのこと、妹って呼んでいい？」

「何ですって？」

「あんたのこと、妹って呼んでいい？」彼女は、ゆっくりと穏やかな声で繰り返した。

「あんたのこと」彼女はまた言ったが、その声は急に、死にかけているように思われた。

その時、ジャンヌの方から軽いいびきが聞こえてきた。私はテーブルの上の鼻眼鏡を取って両眼にあてた。するとジャンヌが椅子の上で眠っているのが見えた。少しはみ出た舌が下唇の上にぶら下がっていた。片手で鼻眼鏡を押さえて、私の椅子を彼女の方に近づけ、そのか細い肩に腕をまわした。その時やっと、二、三人の客が周囲のテーブルで飲食しているのが見えた。でも私にとっては存在していなかった。私は鼻眼鏡を遠ざけ、瞼を閉じて、よりはっきりと、彼らは存在しないことにした。私たちは夜の闇に留まった。彼女はいびきをかいて、そして私は、あらゆる種類の愉快な考えを彼女の方に飛ばしていた。幸い、あんたはさっき道端で眠り込みはしなかった。その時は、あんたを起こすことになっただろう。パリのような大都会の真ん中のアルヴァズ通りで、私の上で眠っているあんたと、いったいどうすればよかっただろう？

十五分ほど経つと、彼女が子どものように私に触れ、動くのが感じられた。目覚めた時、この短い眠りで気分が回復したのがすぐにわかった。その声はまた生き生きと弾んでいた。

「いいのよ、いいのよ……。私の妹」

6

菓子屋を出ると、ジャンヌは、自分がものすごく若返ったように感じると言った。一晩中、街をぶらぶらできるくらいだと。

ジャック＝ヴィルブラック通りの外れで彼女が立ち止まった時、彼女が転んだのかと思い、捕まえた。でもそうではなく、彼女はただ、通りの反対側の何かを眺めていた。商店の前にいる一群の人々を。よく見るとそれは商店ではなく、共産党の事務局であった。去年すでに気づいていたけれど、その時には日曜日である今日とは違って入り口付近に人だかりはなかった。私が見に行きたいのかと尋ねると、ジャンヌは、ええ、お願いと言った。横断歩道まで少し引き返すと、彼女はとても興奮して、動き回るのに私の助けは必要ないように見えた。私たちがそこに着くと、皆、中に入ってしまっていて誰もいなかった。するとジャンヌはガラスのはまった扉まで進み、鉄格子越しに鼻を押しつけた。

五分ほど経つと、男が扉を開けて私たちに言った。

「どうぞお入りください。シンパたちの集会ですから」

ジャンヌは驚いて答えた。

「でも私たちはシンパではありませんけど？」

すると男は私たちを観察して、ほほ笑みかけ、言った。「とにかく入ってください、お母さんたち。祝賀パーティーもありますから……」

突然ジャンヌは怯えた様子になり、早口で、いいえ、いいえと言って私にしがみつき、立ち去ろうと私を押した。私たちはそこから離れた。少し進むと彼女は立ち止まり、ひどく不安そうに言った。

「あんた、クラフチェンコ〔ヴィクトール・クラフチェンコ（一九〇五～一九六六年）。若くしてソ連共産党に入党し、第二次世界大戦中は赤軍の大尉を務めたが、その後、アメリカに政治亡命。一九四六年にソ連の強制収容所の存在などを暴く本を出版し、波紋を呼んだ〕のことどう思う？」

「あんたが言いたいのは、私たちに扉を開いた「ロシア男《ポポフ》」のこと？　だってクラフチェンコというのは、まったく別の話……」

「わかるわ。わかるわ」彼女は苛立って言った。「私が言いたいのは、彼女たちは正しいのかということ。共同寝室の彼女たちが言っている……」

それから彼女は、自分の質問を恥じるかのように頭を下げた。

「……ロシアの収容所のこと、わかるわね？」

私は彼女に言った。

「あんた、どうかしちゃったの？」

「ああ、そうね。冗談に決まってるわね……」

するとと彼女は、あえて質問を繰り返すことはせず、私が再び確言するのを心配そうに待ちながら、密かに私を見た。

「そうよ、落ち着いて。あんなの完全にでたらめよ」

「ああ、そうよね。だってもし本当なら……」

彼女は安心したようで、急に晴れやかになった。

「ちょっと待って。私から離れないで。足がすっかりくたびれてしまって……。お願い、喫茶店でも見つからないかしら……」

近くにバーがあった。私がジャンヌを隅の長椅子に座らせると、彼女はすぐに眠り込んだ。彼女はさっきの菓子屋の時より顔色がよく、舌も出ていなかった。口元にはかすかな笑みさえ浮かんでいた。だから私は店の主人に礼を言い、心配しないよう頼むと、一杯のコーヒーの前で静かに待った。彼女を人類の夢に引き留められたことに、やはり満足していた。目覚めた時の最初の言葉として、彼女は言った。

「ああ、ああ。もし私が今日死んだら、幸せな日曜日を過ごしたことになる……」

そう言ってもらえると嬉しいと私は答えたが、彼女は聞いていないようだった。私は、彼女がまだ、事務局の前でしばし立ち止まったことを喜んでいるのだと理解した。彼女はこう続けた。

「ああ、ああ。あの店にいた人たちのことを考えると妙な気分になるわ……。ああ、ああ。もし風向きが変わっていたら、私の息子がそこにいたかもしれない……。ああいう人たちがこの世に何百万といるはず、六百万か、もしかしたら七百万？……教えて、あんたの考えでは、あの人たちがこういったことすべてを解決できると思う？……」

彼女が希望に飢えていることを見てとると、私は、間違いなく彼らにはできると言った。彼女がいつなのかと尋ねた時、そこで失敗してしまった。私は、長い時間がかかる、おそらく百年か二百年と答えた。彼女はがっかりしたようで、もしかしたら五十年だけかもしれないと言った。私は、そうだと言った。そこで彼女は笑い、こう言った。彼女が「哲学」を見出して以来、時に考えたのは、すべてがすぐに変わり始めるためには、通りに出て、人々と抱擁するだけで十分ではないか、ということ。でもシャラントンに押し込められるのが怖くて、あえて実行できなかったと。私は彼女を慰めるために、おそらく、いつか誰かがそれを試みて、あんたの方法は実を結ぶだろうと言うと、彼女は笑いながら、そう願うと言った。それから泣き出して、言った。この状況は長く続かないだろう……確かに、続かないだろう……これは……。

突然に、今度は彼女のほうが夢見るように言った。

「やっぱり私を悩ませることがある……」

「言ってごらん、ジャンヌ……」

「もしすべてが解決されるとして、五十年後か百年後に、皆、幸せになった時……彼らはこの状況をどう思うのだろう？……あんたや私や皆のことを？……彼ら以前にあったすべてを？……」

私は彼女の考えを見抜こうと試みてから、こう言った。

「さあ、あの人たちのために心配するのはよして……彼らは忘れるはずよ……やがては、もうわからなくなってしまう……」

「いや、いや。あのね、そうなったら完全におしまいよ……。いつか彼らがある本を開いて、こういったすべてを……あんたや私や皆のことを知るのよ……。生活が便利になったとしても、この状況では、彼らはどうやって幸せになれると思うの？」

私は頭をのけぞらせて、とてもゆっくりと、また泣き始めた。涙が鼻眼鏡のレンズに触れずに、瞼の上を流れるようにしたかった。その時、自らの悲嘆に引きこもる私を見たジャンヌが、彼女を置き去りにしないよう私に頼んだ。それから、私を引き戻すため、彼女は、死に対して途轍もない恐怖を感じていると打ち明けた。死とは穴の底に落ちるようなものだと思っていた彼女は、底に着いた時の痛みを恐れていると言った。

「でも痛いはずないわよ。穴の底には何もないのだから」

彼女は少し言いよどんだ。

「そうね。幸いなことに、何も」

これで終わりだった。私たちは立ち上がり、施設に帰り着いた。すでに彼女は陽気さを取り戻していたけれど、帰路ではずっと私が彼女を荷物のように腰に引き寄せて、引きずっていたことに気づかないほど疲れて、朦朧としていた。その間、彼女はひとりでおしゃべりして、空を見上げながら、絶えず、いいのよ、いいのよ、と繰り返していた。あるいは私に、死が訪れたら彼女の手を強く握ると、十回でも二十回でも約束させた……。

＊

でも彼女は予期することはできなかった。そう、できなかったのだ。私のように、友情ゆえにジャンヌが最後の頃に本当はどうであったかを知っているのでなければ、確かに、彼女はこっそり私たちの前から立ち去り、姿を消したのではないか、と問うこともありえるだろう。でも実際には、あまりに衰弱し、やせ細っていたため、彼女の諸器官が語りかける声は、霧の中のしわがれた呼び声のように、ますます遠くなっていた。彼女は、死神が振り下ろす鎌の気配を一、二分前に感じたのみであった。明らかに、私に知らせるには遅すぎた。すると彼女は眼を閉じて、跳ねる魚を思わせるような、爽やかで生き生きした言葉で自分自身に言った。さあ、今、私には何が起きるのだろう？　助けを呼んだら、この喉からは何が飛び出すのか？　いやはや、この幼な子たちにとって耳障りじゃないかね？　そうしたところで、霊安室まで運んでもらう時間もなく、へっ、皆の前でくたばるだけじゃないか？　死にざまを晒すだけじゃないか？　唇を少しでも開いたら、口から何が飛び出すかわかりゃしない。それに尻からだって。ほんの少し、指一本でも動かしたら。そしてダンスパーティーが始まったら、こういう小さい骨はどうやって踊り出すのだろう？　それ以外は？　この年老いた舌先は？　この両眼は？　私はあまりに怯えていた、眼を開けたらどこかに飛び出しそうなほど。いや、いや。この幼な子たちに迷惑をかけないほうがいい。静かに、黙って、口を閉じて。彼女はそうしたのだった。

7

最後の頃、一月九日〔原文は一月九日であるが、第四章の末尾に三月九日とあるので、三月九日の誤りか〕の日曜日に一緒に外出してから、私はジャンヌにとても共感していたため、その生命のすべての拍動を慎重に追っていた。彼女が陽気なら陽気に、悲しんでいれば悲しく。私もまたビビ〔ビタール夫人のこと〕のことを、ひどい悪癖にもかかわらず、好きになりさえした。だから、ジャンヌが眠っているとわかった時には、私は身体を後ろに反らせて、眼を閉じて、夢想に耽った。臍帯のように私を生命に結びつけるこの糸を感じて幸せだった。でもそれはすでに死の糸でもあったけれど、その時は、それが生の糸よりも強いということがあるとは思わなかった。

ああ、そうだ。私たちは喫茶店での会話のあとも、本物の会話を交わした。

ある時、私がずっと前から文章を書いてきたと言うと、ジャンヌは、それなら私の方が進んでいると応じた。「哲学」を見出して、彼女もまた鳥笛を吹くようになったのは、たった二年前のことだから、と。

「いや、ジャンヌ、それは違うのよ……。鳥笛ではないのよ」

でも毎回ジャンヌは、私を怒らせるような嘲笑的な執拗さで、違わないと断言した……。違わない。それは鳥笛よ……正真正銘の。そう、私が言いたいのは……あんたが望めば、だけれど……私はもう旅立つから……あんたの文章の中で、少し私のことも書いてくれないかしら……ねぇ……私についての小曲を演奏してくれない?……それにあんたと私は、いつか、あんたの島で再会するのだから、向こうのこと、少し味見させてくれてもいいんじゃないかしら。

そこで私は、サン＝ピエールの刑務所にレイモナンクを訪ねた時の記述を彼女に読んで聞かせた。その日、オルタンシア・ラ・リューン、つまり私の母さんが彼のために作った青バナナ入り豚肉の料理を、母さん、テテ夫人、モロコイ坊や、そして私は届けに行っていた〔『青バナナ入り豚肉の料理』において、老境にあるマリオットが回想する、マルティニックでの子ども時代の出来事〕。ジャンヌは絶えず私を遮り、突飛な論評をしたかと思えば、いくつかの言葉の意味を説明するよう求めた。私が説明できずにいると、彼女は言った。何でもないわ、続けて、続けて……。それでも理解できる。二、三のちょっとした言葉がわからなくても……かまわない……。

「あんた、出版してもらえないのかしら、あんな立派な言葉を含む文章を?……」

「いや、それは無理よ……。秩序立てて書かなくてはならないし……始まりがなくっちゃ……今まで書いてきたことに……三十年前から、私は始まりを見つけることができないの……」

「何の始まりよ?……」

「それに他の事情もある。私が鳥笛を吹いたら、人を悲しませることになる……そんなこと望んでないの、悲しませることを……」

「もちろん、人をさらに悲しませるべきじゃない……でも、私に読んでくれた文章には陽気さもあって、悲しくはない……」

「それだけじゃないのよ。あんたに読んでいない、他のことがまだあるのよ……」

「でも少し無理をしたら、他のことも全部、もしかして語ることができるんじゃないかしら。同じような……しゃれた語り方で?……」

「私、やってみたんだけれど……できなかったのよ。それにまだ他のこともある……たとえ私が、しゃれた口調で語ることができたとして……私は……立派な人生を生きたわけじゃないのよ、わかるわね?……それを私が話したら、人々は改めて私の家族の顔に唾を吐きかけることになる……私のせいで……そんなことできるかしら?」

ジャンヌはまた冷やかすように言った。

「いや、いや。騙そうとしても無駄よ。あんたの人生が私の人生よりいろいろあったわけじゃないし、あんたが他の人より劣るはずがない……私、あんたを知っている……知っているのよ……」

すると私は喜びに満たされた。

「そう思う？」

「そうよ。あんたが何をしたとしても……何をしたとしても、さあ……私にはわかる、あんたは……」

「そうね。でも、多くの人たちは掘り下げた見方をしないから、ただひとつのことしか考えない。つまり、ああ、これはある黒人女性の物語なんだ……と。ああ、もし私の人生がもっと立派であれば……でも、どうしようもないわね？……あいつらは、私の家族に唾を吐くために、私のことを利用するのよ……。ああ、確かに、もし私の人生が立派なものなら、悲しみをおして、語ることができたでしょう。むしろ人々から、それでもこの黒人女性は……と言ってもらえるような語り方で……。あるいは、あんたみたいな人だけが読めるように……他の人の眼には触れないように……手配できる方法があれば……でもそんなことできるかしら？　ああ、そうね。もし選ばれた人だけであれば……おそらくそれなら……ええ……喜んでもらえるかもしれない……」

彼女はすっかり取り乱していた。

「その通りね、まったく。それに、あんたに言うべきことがあるのよ。それは、私もはじめはモロー氏の話に耳を貸してた、ってこと。あの偉大なほら吹き冒険家は、あんたの郷里に伝わるっていう、悪魔やその手下たちと付き合う習慣について噂していた。そのせいで私は悪夢にうなされたほどだった……。だから私は今、あんたにお願いするわ。マリー、あんた自身のために、自分の鳥笛を吹き続けて……」

私は、どうしてなのかわからないと言った。彼女が旅立ってしまえば、誰も聞いてくれる人はいないだろうし、それに私だってもうじき姿を消すのだから。するとジャンヌは、私が死ぬまでにまだ二、三年、もしかしたらもっとあるだろうと言った。ということは、別の老婆が施設にやってきて、私がその人に文章を見せるということもありえる……。何が起きるかわからないのだ。たったひとりのためであっても、やってみる価値はあるんじゃないか？……少しためらいながらも、私自身、そう考えるに至った。

ジャンヌはさらに、私がもう鳥笛を吹かないということなら、安心して旅立つことができないと言った……。そしてしきりに私に頼んだ。吹くと約束することを……。私は根負けして約束した。すでに心が奇妙な喜びで満たされていたのは、この義務のためと、再び私の人生を語るという、ただその考えのためであった。それは特に、私が知り、愛した人たちをひとりずつ、私の精神から引き出すということであった。彼らは皆、同じ一本の無邪気さの糸で結ばれていた。私はまた、物語を聞いてくれる人が……ひとつの耳が……存在するかもしれないと考えていた。

わずか数週間で春になる。私がそこまで生きられたなら。でも、今日という日が光輪を残すのみの窓ガラスからは、光以上に影が入ってきている。親愛なるジャンヌ、アンドロメダの天気はいかが？

＊

あとのことはすべて、とても早く過ぎた。マリー修道女は私も一緒に移動したいかと尋ねたが、愚かにも私は、異常なほどにへりくだってしまった。墓穴の淵まで、白人は白人たちに付き添われるのがふさわしいと思ったし、私がいるせいでビタール夫人が気を悪くするのを恐れた。そうではないと気づいた時、つまり、彼女は気を悪くせず、むしろ、彼女もマリー修道女も私がジャンヌを見送るのは適切だと思っていて、私の同行を望んでいると知った時には……すでに遅すぎた。小型トラックの三番目の席はすでに十九番に占められていた。

他の人たちが皆、埋葬に行ってしまったため、私はひとり共同寝室にいて、今、再び自分自身と向き合っている。私は腰の痛みにかこつけてここに残り、彼女にシャベル一杯分の土をかける……昨日の朝から、私を取り巻く完全な静寂のただ中でひとり、ジャンヌの跳ねるような陽気な声に伴われて、私のほうもその声に合わせている。私が彼女を必要とするように、彼女も私を必要とする。彼女は、その鳥笛を私が聞いている限り、完全には死なないことを知っているから……。

8

日によってはまだ、今日のように、ジャンヌの不在を受け入れることができない。それに、おそらく私を悲しい気分にさせたのは、ビタール夫人とその電話だ。木曜から彼女はベッドに座って、途切れた通話を再開させたいとでもいうように、見えない受話器に向かって、もしもし、もしもしと言い続けている。時に受話器を置いては、古いハンドル式電話機のように、とても早く左手で回す動作をする。そして彼女は受話器に身を屈めて、また始めるのだが、彼女の声には新たにされた希望があり、それが私たち全員を身震いさせる。もしもし?……もしもし?……誰もいないの?……誰も?……

私が庭に下りたのは、彼女のせいだろうか。そこで、私もまたとても早く、ほとんど走るように行ったり来たりし始めて、ついには腰が砕けて、マロニエの木のそばで頭が空になってしまった。足がふらついたので幹に寄りかかると、私の悲しみが、残っていた血とともに去るのを感じた。ついでに自問してみる。苦しむことを可能にする力をただ使い果たすことによって、私は「幸せ」になってはいないだろうか、と。いずれにしても、そのことを確かめる必要がある。身体の運動によって悲しみをすり減らすことができたら、それはすばらしいことだ。でも今すでに、確実で、疑いや議論の余地がないと思うのは、夢想にふける時はペンを持っているほうがずっとよいということ。そうすれば船のように夢の表面に浮いていられるし、もし一瞬溺れてもペンにしがみつくことができる。あるいはむしろ舵として用いて、進路を選び、危険な水域から離れたければそうすることもできる……。

しかし、私がマロニエの木に寄りかかっていた時、そういったことに思いを巡らせていたのではなかった。木はすでに芽吹き始めていて、午前の空には洗濯物の清らかさがあり、庭の小石でさえ、いかにみすぼらしくても、新品になったように見えた。二、三枚の葉が夜の間に落ちていたけれど、私は取りに行ける状態ではなかった。そこで木から剥げ落ちた皮に頬を擦りつけると、苦くて甘い、奇妙な満足感が得られた。それは私にモリッツ・レヴィの言葉を思い出させた。風に吹かれて収容所の有刺鉄線を越える木の葉は、何を伝えるかはわからないが、使者のようであった、そう彼は言っていた。私は思った。自然とは不思議なものだ。私たちのことをすっかり取り除くというわけにはいかないのだから。だって、どこにいても、何かに触ることができる。石、木、それに私の手の肌だって自然の一部。私は、子どもたちは自然に属するのか、人間の光景に属するのかを自問したけれど、答えは見つからなかった。あるいはジャンヌのように、とても若く、かつとても年老いた人たちは、どうなのだろう、と。ここにはいつも何か感じるべきものがあることを知って、心が和んだ。生命の限界と思われる範囲を超えているというのに……。

結局のところ、おそらく私は、死が存在しないことをそれほど確信しているわけではない。ジャンヌを思いながら私は痛みを感じたのだから。それでも私は、自分が死なないことを知っている。木々、海、国。私がこれほど愛したすべてが死後も残るのだから、もはや私にとって死は何でもない。もしかしたらそれは、私がもうひとりきりだと感じないから。私が私自身にとって、もう何者でもないから。すべての「幸せ」な人たち同様、私の外側に広がり、私の死を越えて手つかずのまま生き続ける生命を味わうことができるから……。でもほら、ジャンヌに思いを寄せるなり、私は痛みを感じる。それはおそらく、自分の死よりも他人の死を乗り越えるほうが難しいということ。それは私の身体だけに襲いかかる痛みではない。そうではなく、まるでこの世界が傷を負い、損なわれたようだ。その永遠性にもかかわらず、ずっと何かが欠けたままだろう。ジャンヌというこの微小なかけらが去ったあとには。

今朝、ベッドから出るのに大変な苦労をした。何かが私に、いつものようにコーヒーを飲むために起き上がるべきだと言っていた。前腕に力を入れたが、無駄だった。力が与えられることを期待して、崇敬の念を持とうとしたが、やはり無駄だった。一昨日までは確かに、私に宿っていた高揚感のために立っていられたのだ。ところが、ジャンヌのおかしな口を見た時から、つまり老いが私の心に入り込んだ時から、最後の力が消え去ってしまったように感じる。

依然として前腕に力を入れていると、不意に思った。今、こんなに弱いと感じるのは残念なことだ。この地球上でなしとげるべき重要なことがあるというのに。するとこの考えは私の上半身を起こし、服と靴を掴んで、食堂に下りさせた。実のところ、私は当惑している。ジャンヌの死以来、こうした考えが浮かぶのは初めてのことではないから。時々、彼女のおかしな口を見たせいで、私はまた気がふれてしまったのではないかと自問する。でも結局のところ、似ている部分もあるけれど、こうしたすべてはボゴタで私に起きたこととは大きく違っている。とりわけボゴタを想起させるのは崇敬の念だ。それが特に私を不安にさせると言うべきだろう。ただボゴタでは、私はまだ文章を書くことはなかった。それは今、共同寝室のテーブルにしがみつく私を支えているけれど。実際、ボゴタではまだ、書くことを身につけていなかった。

おかしなことに、私にはまだこの地球上ですることがあるという考えが浮かぶたびに、無意識に食堂のテーブルにしがみつく。ジャンヌの優しさをペン先に忍ばせて。私の頭の中で大きな風が吹いて、ある声が言った。おまえの感情が他の人たちにとって価値がないならば、おまえにとっても無価値なのか？　生きたまま本の世界に放り込まれた白人女性たちの涙は、おまえの涙のように塩気のある水ではなく、ダイヤモンドなのか？　彼女たちの多彩な瑪瑙のような眼が見ていた空——その空は、おまえの空よりも広かったのか？

こうして私はジャンヌの眼差しのもと、私自身の書き手、そして私自身の読み手となることを決意した。

第二部　マリーの旅

1

モリッツ・レヴィによると、彼のいた強制収容所をアメリカ兵が解放した時、つまり、家族や友人たちが死に、精神世界が壊滅したあとに、自分は生き延びたのだと確信した時、彼の心はとてつもない興奮に襲われた。もはや生きる理由はなかった。なぜなら、どんな人間的な概念も、いかなる名残も、何も、物事の冷えきった流れから浮かび上がってはこなかったから。ただありのままの生があるだけで、それはいわば獲物であった。彼はその腱を一本ずつ想像し、熱くほとばしる血の苦味を感じていた。それを前にして、あまりに柔らかな臓腑を持つちっぽけなユダヤ人の彼は、自分が狼であることを知った。ギアナに向かう船上での私の心情を説明するのに、この例を引き合いに出すのは行きすぎであることを認めよう。でも私は、母親から引き離されたばかりの痩せた仔牛に自分を重ねることができる。運命によって投げ込まれた草原で、喜びのあまりはしゃいで四方八方に動き回り、鼻面は草に酔いしれる。それから急に動かなくなり、首を伸ばして、臓腑から湧き上がる、調子外れで苦しげな、理解できない鳴き声に気づくも、なす術を知らない。いずれにせよもっと的確なのはこう言いきることである。私が生に対して抱いていた欲求は、島の田舎の方で、やつらは悪意から貪り食っていると言われるような人々の食欲に似ていた、と。

汽船の上で、黒人女性の大多数は金鉱探しの男たちに付き従うことになると思われていた。私は港町カイエンヌで給仕として働くことになっていると言っても焼け石に水。男たちが金銭以外の手段で言い寄ってくるとしても、よりロマンチックであることはなかった。常に身構えていなくてはならなかった。私たちのうち多くは憤慨していた。私たちは確かにギアナに向かっていて、自分たちを待ち受ける運命を知っていたけれど、大寝室で隣同士のコリネット・バティアック嬢が言うように、そこに行くのは生きるためであり、「暮らす」ためではなかった。そこでは国の法律に従って、つまり慣習に従って行動することになるだろう。それに、黒い肌を身に纏っているだけの、取るに足らない女性たちにとって法律が何を意味するかもわかっていた。でもそれは習慣であり、規則である。なぜなら人は巨木が生い茂る中で仲間を必要としたから。それに対してここ、船上では、それは仕事ではない。やがては男と寝ること、俗に言う売春が生業になるとしても、ここでは違う。いくぶん真実味をこめてコリネット・バティアック嬢が言ったように。すでに名前を挙げた大寝室の隣人がとりわけ激高して話したとすれば、それは彼女が、自分を取り巻く男たちのひとりひとりに淫らな下心――彼女を未来の売春婦とみなす――を想定したためである。「ここでは」彼女は厳粛な口調で男たちに説明した。「私はまだ木から落ちていない。私はまだマルティニックにいた時のようにコリネット・バティアック嬢よ。ギアナに着いたら私を好きなように呼ぶがいいわ。それはもうどうでもいいこと」ある夜、女性用船倉に続く通路で、ある男がしつこく言い寄ってきた。私は腹を立てて男のこめかみから口元まで引っ掻いた。すると男は拳骨で応戦し、私が床に倒れると足蹴りまでくらわせてきた。それでも私は叫ばず、何も言わず、男がまた掴みかかってきたら引っ掻くつもりだった。急に彼は、屈託ない様子で肩をすくめながら行ってしまった。その時、誰かの手が私の腕に触れると、私はイヴォンヌ嬢を認めた。すでにギアナに住んだことのある若い女性で、郷里で数カ月の休暇を過ごしたあと、ジャングルに戻るところであった。決然とした小柄な女で、自分がどこへ向かうかを知っている人間の平静さを持ち合わせていた。ほぼ全員が黒い服を着ていた私たちと違い、彼女は美しい衣装を持っていた。仕立てが短く半袖で、襟が折り返された色彩豊かな服と、線細工が施された二十金のギアナ製宝石をいくつか身につけていた。夜になると、それらをベルトに忍ばせて、中国製寝巻きの下で身体に直に巻きつけ、それから用心深く寝袋にくるまるのであった。彼女は自分と同じ古参者たちの小集団――私たちは、郷里に伝わる諺ゆえに「カナリア」と呼んでいた――にしか言葉をかけなかった。だから彼女が私に示した関心に驚かされた。私が立ち上がると、彼女と私の両眼が向かい合い、彼女は軽くほほ笑んだが、それはやっと口元に皺ができる程度であった。その間、瞼が何回かゆっくりと上下に動き、驚くべきことにそこには、冷酷さ、暗黙の合意、愛情のこもった承認が入り混じっていた。「来て」彼女は私の腕を力強く掴むと、それだけ言った。彼女について甲板へ行き、眠っている移民たちの一団の後ろの、人目につかない場所に入った。海はすっかり泡立ち、荒れて、ラベンダー色をしていた。そして、低く垂れ込めた捉えどころのない雲が空を隠していた。一等席の甲板の船首では、上流階級の乗客たちの影が輪郭を浮かび上がらせていた。一方、眠る人々のそばを行き来する船員たちは、無関心で、声をひそめることもせず、何も見ていなかった。私は左胸に寒気を感じ、服が少し破けているのに気づいた。そこに吹き込む風は、心臓に達することはなかったけれど、静かに入ってきて背中側から吹き抜けた。筒を通り抜けるように。私たちは無言で、長い間見つめ合った。私は黙っていようと心に決め、彼女が話すのを待っていた。彼女は仲裁に入ったわけではなかったから、何の借りもなかった。すると彼女は私の腕を放して、言った。

「あんた、せめて頭はいいのよね」

「頭がいいって、どういう意味？」

「あんたの過去を教えて」

「男をひとり知ったわ」

「ひとりだけ？」

「知ったと言ったのよ。寝たとは言っていない。知ると寝るは別よ」

「男を知るってどういうこと？」

「かぼちゃの中に何があるかを知っている包丁よ」

「あんた、面白いわね」

私たちはしばらく黙っていた。それから彼女は言った。

「最初の日から私はあんたに注目して、探って、見張っていた。友だちを探しているの。私、今まで誰とも友だちになったことがないの」

「私も。それが何かもわからない」

また沈黙が続いたあと、彼女は続けた。

「あんた、泣き虫じゃないわね。泣き虫なの？」

「私の眼が乾いているの、わかるわね。私の身体には涙がないのよ」

そして彼女は、ますます熱気を募らせながら言い放った。

「あんたは若いわ。泣くことと泣き虫であることは違う。泣くことは罪じゃない。あんたの身体には、血よりもまだ多くの涙があるって、いつか知ることになるわ」

「もうないのよ」

「そう、もうないのね。でも私にはまだある。ただ、私はひとりで泣いて、人を巻き添えにはしない。私の身体にまだ涙があること、あんたにとって迷惑かしら」

安心して、私はほほ笑んだ。

「もちろんそんなことない。そのほうがいいくらいよ」

彼女は話し、私は聞き役に徹して、彼女の言葉から伝わる、触れることのできないギアナに注意を払っていた。彼女の言葉はすぐそこ、船首の前に、存在や物事を描き出して私に見せていた。

＊

カイエンヌで下船した時、イヴォンヌが話している間に、私は自分の想像の土地、腐植土、物質に足を踏み入れたかのように思った。そういう意味で私は他の移民たちの態度に支えられていた。あとになって気づいたのだけれど、空想上のギアナがあって、それはギアナ人の精神においても妖精の不思議な存在によって育まれていた。教理が信者たちの精神に宿るように。そのギアナに対して、敬意を払う必要があった。適切な身振りや、受けた印象を表す言葉の選択によって。さらには、ヴェニスで人を迎える鳩のようにカイエンヌの通りを行き交う黒コンドルの群れに投げかける、お決まりの怯えに満ちた眼差しによって。私たちは町の平坦な通りを進んでいた。町の背後では、すでに大陸を感じることができた。たとえそれが、無謀とも言える「土地」の浪費と、経済観念の根本的な欠如を示す尋常でない広さの道路によってであるとしても。そして私たちのうち多くの者が、船旅の間に広まった「人殺しのギアナ」の姿に順応していたにもかかわらず、フォール＝ド＝フランスを知る数人のマルティニック人女性は、全体がバラック小屋と異様さで覆われたこの町を前にして、意味ありげな様子で小さな下唇を突き出していた。私が本物のギアナを目の当たりにしている間に、イヴォンヌ嬢は私に話し続け、まるで風景に覆いがかかってでもいるかのように、それを私に解読し続けた。私の眼前に本物を、つまり、この土地を思い起こす者たちの眼差しや言葉にだけ現れるギアナを、図々しくも再構成しようと躍起になっていた。私は感嘆しつつも落ち着いていたが、精神は身体から切り離されたように距離を置いていて、彼女が夢から覚めるのを辛抱強く待っていた。でも、そうならなかったことは言うまでもない。アフリカの白人がこの大陸に関して持つ知識が、植民地在住の仲間内で語られる夢幻的な物語に限られるように、ギアナに関する彼女の知識は、この国について持つべき型通りのイメージに収まることのみであった。彼女は吸血鬼、二十四時間蜘蛛、慣らし運転の蛇……しか見ていなかった。彼女は実際、こうして怖がって、「冒険」という聖なる言葉を発することを大いに楽しんでいた。でも私は、船上であれだけ騙した挙句、現地でも「嘘を吐き」続ける彼女に憤慨していた。数日かけて私は、彼女はギアナについてたったひとつのことだけを熟知しているのだと理解した。それは女として勝負する仕方である。

「ここは」彼女は私に言った。「私たち黒人女性にとってはいい国よ。この国では賢くてきれいな娘は人として生きられる。私だってここでは一人前の人間。なぜって、徒刑囚でも、流刑囚でも、中国人でも、混血でも、ヨーロッパから来た自由人でも、ここにいる人は誰も、自分の国では何者でもないからよ。ちっぽけな白人は、自分が黒人ほど「無価値」だとは思っていない。でも実際はどちらも「無価値」。これは、あんたがこの国で出会うすべての男について、よく頭に入れておくべきことよ。肌の色が白か、黒か、黄色か、金持ちか、貧乏か、自由人か、徒刑囚か、なんて関係ない。人間のためではなく獣のためのジャングルに囲まれた場所に住んでいるというだけで、彼らは無価値ということ。私はパナマにいたことがあって、そこで何が起きたかを見たわ。お願い信じて。あんたはパナマに行かなくて正解。あそこは私たち女にはよくないわ。鶴嘴を持つのは黒人だけ、話すのは白人だけ。それにこっそりとでも私たちの面倒を見てくれる白人はひとりもいない。彼らは互いにそれを禁じ合う。まるで私たちが疥癬病みかなんかのように。いやむしろ、黄熱とか、彼らを皆殺しにする病気にでもかかっているみたいに。私たちは、その病気の出どころは、海水を流すために掘っている穴の底で彼らが黒人たちにくらわせる殴打や食べ物だと言っていた。でも「彼ら」は、出どころは私たちに違いないと言って、黄熱ではなく黒人毒《ヴォミト・ネグロ》と呼んでいた。まったくこの白人たちはとんでもない。黒人毒だなんて。神が造りし人間ではなく、犬たちのためのこの病気を。大勢が死んで、また死んだ。それもこれも運河会社の二十スーのため。でも私たちもバカだった。黄熱と呼ぶなんて。中国人たちは何と呼ぶのかしら、この病気を。知りたいものね。ああ、イエス様……。

　でも、わかるわね、ギアナはパナマじゃない。ここならあんたは人として生きられる。ただ、娘たちが皆そうするように、眼をつぶって男たちの海に飛び込んで、溺れるのだけは避けなさい。そう、急いじゃだめ。沐浴する老女のようにするのよ。わかる？　老女よ。水、空気、時刻を踏まえて、足で探り、太陽が十分高く上がっているか、藻類や岩礁があるかを見る。誰か男を選んで、静かに水に戻るのよ。だって、あんたもひとり知ったわけだけれど、男がどんなものかわかるわね。男たちは娘をレモンのように搾りきって、ポンチより早く飲みほしてしまう。私はここで、ただひとりの男、ただ一年だけの結婚を求めるお人好しの泣き虫たちが次々と現れるのを見たのよ。彼女たちはすぐさま野菜屑と一緒にお払い箱。でも、あんたは違う。私は即座にあんたは私に似ているとわかった。気難しくて身ぎれいだけれど、根が惚れっぽい。おそらくそれは、あんたがサン＝ピエールの「亡霊」だから。「あんたたち」は皆、内側から燃え尽きてしまったようね〔一九〇二年にマルティニックのプレ山が噴火し、火砕流によって港町サン＝ピエールが壊滅した。『青バナナ入り豚肉の料理』において、マリオットがこの噴火で母などを失い、一九〇三年にマルティニックからギアナに向かったことが語られる〕……」

「私はあの場にいなかったのよ。燃え尽きたはずがない」私は素っ気なく言った。

「わかってないのね。噂によると、サン＝ピエールの住人のうち火山によって焼かれるのを免れた人たちは、自分たちの罪ゆえに、神によって体内を焼かれたのよ……私は知らないけれど……おそらく魂が……あんたのように、マリオット。あんた、まさしく内側から燃え尽きたようよ。でも私にはどうでもいいこと。少なくとも清潔だから」

　こうして長広舌を振るい、女性たちの実情について弁じ立てながら、彼女は所定の手続きのために私を役所に案内した。続いて、黄金とゴムを求めて人が殺到するのに応じてパルミスト広場周辺に増殖していた小さなバーでの生き方を説明してくれ、蚊帳、薬袋、ハリケーンランプといった僻地での必需品を一緒に購入した。そして私を手押し車に乗せると、人殺しのギアナをひと回りして見せてくれた。塩水に浸かった中国人集落からセペルー要塞のある高台まで。そこから彼女は想像上の鮫や、フランスを裏切ったユダヤ人〔一八九四年、フランスで、陸軍参謀本部の大尉であったユダヤ人のアルフレッド・ドレフュスがスパイ容疑で逮捕された。翌年、サリュ諸島の悪魔島に送られ、一八九九年まで服役した。ドレフュス事件として知られる冤罪事件である〕が張りつけられたサリュ諸島を指し示した。ユダヤ人とは何かを私が知らなかったため、彼女はそれが一部族であると教えてくれた。この世の状況を鑑みて、救世主はまだ到来していないと考える部族らしい。それじゃあ救世主はまだいるのね？　私は驚いて言った。当惑した彼女は首を縦に振り、怯えた様子で声をひそめて、海に近寄らないほうがいいと言った。ここの鮫は黒人を好むから。私は狼狽して彼女を見た。何が本当で何が嘘かわからず怖くなった。イヴォンヌ嬢は、私の人格について自分で述べた言葉の効果のために安心し、「人殺しのギアナ」に自ら陶然となって、特徴のない声に秘密の情熱をこめて、こう言いきった。鮫が水から飛び出し、海岸から一メートルのところまで来て、黒人の足を捕らえて波間に連れ去るのが目撃された、と。彼女は手で、鮫の跳躍を示す大きな身振りをした。そして物憂げに、悲劇でも演じるように言った。

「わかるわね、あんた。鮫までも私たちを嫌っているのよ……」

私たちの近くで、三人のヨーロッパ人の集団が道路に出てきた。三人とも、黄昏もなく訪れる夜の闇の中、ほとんど走るようにしていた。眼つきが悪く、拳銃を握ったきざな番人の前を二人の徒刑囚が行き、二人を繋ぐ鎖は埃を巻き上げていた。青白い顔をして、死ぬほど発汗した囚人たちは、大波が揺らす船の間で、杭の上に据えられた栈橋の方へ、まっすぐ前進していた。道路の窪みに腐った水が少し溜まり、光っていた。年配の囚人が言った。「舌が干上がっちまった。――仲間よ、徒刑囚のための緑のアブサンを飲ませておくれ」仲間は路肩から引き抜いたトウゴマの数葉で縁無し帽を覆い、水で満たして連れに与えた。二人とも立ち止まって、私たちのことも番人のことも気にかけていなかった。番人は二人に意地悪そうに進めとわめき、侮辱と呪いの言葉を発していた。彼らは不動のまま飲んで、年下の徒刑囚は縁無し帽に残った水を番人の前の砂にぶちまけながら叫んだ。「ほら、おまえの分だ」

恐ろしい番犬《ケルベロス》の眼に閃光が走った。彼は握っている武器を若者の顔の高さに上げたが、若者は表情を変えなかった。それから思い直して、空に一撃を放った。新たな暴言が吐かれ、仲間は口笛を吹き始め、その間も三人組は荒廃した栈橋へと進んで行った。そこでは他の流刑者たちが平然と待っていた。この護送船を操縦するのは中国人で、注意深くも無関心にも見えた。私の新しい友人は前方に軽く身を屈めて、鎖で繋がれたまま栈橋から小舟に乗り移る徒刑囚たちの動きに合わせて頭を動かした。そして私は動揺し、押し黙って、このように扱われる白人を見て、不当さと満足感という二つの印象を受けていた。まるで快感とともに私の脳が破壊されるようであった。

「ああ、ああ」イヴォンヌは言い放った。「あんた、何を期待していたの？」

夜の帳が下りる中、小舟が桟橋を発つと、番人たちと徒刑囚たちはともに、互いに鎖で繋がれて正反対の運命を背負ってさまよい出たが、私には彼らの運命は完全に一致しているように見えた。

2

続く日々、私は、ギアナの黒人たちが島から来た者たちに対して示す尊大さをよりよく理解した。その思いは、彼らが自身について抱く別の感情――それは徒刑場の存在によって助長された――に由来していた〔フランス領ギアナは一七九四年から一九三八年まで本国の流刑地であった〕。徒刑場の存在は、白人の優位という考えをかつての奴隷の心から完全に消し去った。流刑囚の多くは、新生活を始めるには年を取りすぎていたり、おそらくフランスにはもう身寄りがなかったりして、世界一惨めな放浪者になっていた。通りをうろつき、集団ごとに道路に直に寝ていた。彼らを受け入れるのは黒人共同体だけであったが、彼らが仲間入りを望めば、である。彼らはあらゆる種類の手仕事をし、フランスのブルジョワが好む蝶を採取していた。居間のテーブルに置くコースターや、快適な住居の壁に飾るきらびやかな絵画を作るのに蝶が用いられた。この落伍者たちはしばしば、やつれ果て、人生のロードローラーで千々に砕けた老婆の顔をしていた。イヴォンヌと私がバーにいると、網と鉄製の箱を持って蝶採集の旅から戻ってきた老婆風の白人男のひとりを見かけた。突然、数人のいたずらっ子が小屋から飛び出し、彼の周囲で踊りながら、クレオールの歌を叫んだ。その歌で子どもたちは彼をロロットと呼んだ。ロロット、ロロットにはもう金がない。ロロットには食べるものもない。男は彼らに気づかない様子で歩き続けた。夢想家の不確かな足取りで、麻薬中毒者のように煤けた顔で。どんな不意の衝動に襲われたのかわからないまま、私はクレオール語で子どもたちを脅し始めた。ギニアの草のように鋭利な、厳しく冷淡な声で。唖然として、彼らは静かになり、後ずさりし、ずらかった。男はそれまで通り歩き続けて、私の近くに到達すると、少し躊躇しつつも片足で踊った。そして止まり、麦わら帽子を持ち上げると、年老いた祖母のようなしおれた顔が見えた。この間に言った。

「おや、お嬢ちゃん。まだ老婆風白人男を見慣れていないの？　こんなのは何でもない。でも君はハートのようにかわいい。君のためなら何でもしよう、ひ、ひ。君に何をあげよう。ほら見て、女房たちにだってこんなきれいなものをあげたことはない。俺にだっていたんだ、そう、いたんだ」

老婆特有のひび割れた耳障りな声で弁じ立てながら、彼は箱から、真珠のように艶やかな青い大きな蝶を取り出し、小さくお辞儀しながら私に差し出した。「さくらんぼの季節」の二つの詩句を色っぽく詠じながら。それから帽子を持ち上げてお辞儀をし、甲高くて愚かなか細い笑いを残して行ってしまった。私はつぶやいた。彼らも、彼らも……。憐憫と満足とが快く混ざり合っていた。そしてイヴォンヌを振り返ると、彼女が深く頷くのが見えた。

＊

黄金の町サン゠レオンに向かう長い丸木舟の上で、私は風景にまるで注意を払わなかった。そこには心を揺さぶる奇妙さがあったが、イヴォンヌ嬢の「嘘」以来、自分の眼で見るものでも疑った。何も本物には見えなかった。ある景色が、ジャングルについての私の考えと似通っている時、その景色が、カイエンヌで耳にした言葉と共謀して、またも私を驚かそうとしているようであった。

サン゠レオンに着くなり舞台は一変した。そして私は、なぜ無愛想で冷酷である必要があるのかを理解した。あらゆる種類の女がひっきりなしに現れるのだった。一家の母親、妊婦、娼婦まがいの女、「横になる娼婦《オリゾンタル》」、「横にならずに済ませる娼婦《アンスタンタネ》」、さらに砂金の鉱床から男とともに戻った女。ほとんどの人が武器を持ち、喜劇の役者というより観客に近い憲兵がひとりうろついていた。彼は小柄な「女中」と会うと幸せそうであった。この女性は、砂金採りの男と逃げてしまった前任者の替わりに、彼の上司が送ってくれたのだ。人々の社会階級は見た目でわかった。食べている人と食べていない人。それでも、誰もが金鉱探しの男を食いものにしていた。幸運なことに、私を彼女の小屋に住まわせたイヴォンヌは、またホステスとして働き始めた。彼女はこの仕事で、巧妙さ、繊細さ、賢さを発揮していた。すべてにほんのわずかの虚飾が散りばめられていて、男たちをとても喜ばせた。彼らは自ら好んで緑の地獄と呼ぶこの空間を動き回っていた。決意が固まるまでの間、彼女は私に給仕の職を見つけてくれた。働きながら、自分が投げ込まれた世界を――それ以降、進まなくてはならない世界を――観察することができた。彼女は、自分があるひとりの男と結ばれようとするのは無理なのだと私に説明した。年を取りすぎているし、知られすぎている、というのがその理由だった。でもとりわけ、彼女は自由でいたかったのだ。「ここでは」彼女は言った。「男か、しからずんば自由かよ。そう、あんたはわかったわね。だから私はひと仕事する前に男たちに飲ませて、金を稼いだらしまい込んでおきたいのよ」

*

ある夜、イヴォンヌは恋に夢中《フー・ダムール》と呼ばれる元徒刑囚を家に連れてきた。ぽってり太って、虫眼鏡のように分厚い眼鏡をかけていた。彼は、このエメラルド色の飛び地でキャッサバ芋のクアック粉や魚の塩漬け以外のものを販売すると自負する露店の数々との取引によって、「文明食」事業で成功したと言われていた。狭い世界の有名人で、誰もが彼の過去を知っていた。どの女も、売春婦さえも、彼を寝床に迎えることはなかった。なぜなら彼は最高の瞬間に、近所中を仰天させるような叫びを上げるからであった。今では「普通の」男になった、そう彼はイヴォンヌに誓い、信じられないなら何人もの女性に証明してもらえると言った。彼は、「それ」は徒刑場に由来するとも説明した。かつてフランスでは給仕として働いていて、そのために、夢に見るようなすべての女性を手に入れた。その時、女性の肉体、温かさ、匂いに馴染んでしまった。だからそれを奪われることは彼にとって自分自身の人格を失うようなものであった。でも二年前に釈放されると愛の行為を再び我がものとした。俺は立派な雄鶏だけれど、雌鶏の上では鳴かないことを見極めればいいだろう。そう言われたイヴォンヌは、ずいぶんためらったあとで、彼を受け入れることにした。一日の仕事で疲れきっていた私は、自分が寝る片隅に行き、すぐに眠り込んだ。私を眠りから引き出したのは、叫び声を伴う乱闘騒ぎであった。近所中が集まってきていた。渦中の男は小屋の外で泣いてしゃくり上げ、人々から服を投げつけられていた。寝巻き姿の女性たちは大声で笑い、森の中で「マイプリ人」でも見つけて色事の相手になってもらうことをほのめかしていた。すぐに騒ぎは鎮まった。イヴォンヌはほほ笑み、快い一家の主として、恋に夢中《フー・ダムール》が夜の漆黒に消えた瞬間に怒りを忘れてしまった。砂糖菓子が配られると、皆、帰っていった。私も寝床に戻ったが、心はすっかり乱れていた。眠れずにいると、夜明けが近づいてきた。その時、押し殺された嗚咽と、やっと聞き取れるようなささやき声が聞こえてきた。主よ、私は悲しい……。主よ、私は悲しい……。

　夜に流された孤独な涙は、私を震え上がらせた。一方イヴォンヌは誰も聞いていないと思い込み、ほとんど聞こえない小さな嗚咽の間に、こう繰り返していた。主よ、私は悲しい……。主よ、私は悲しい……。

*

私が決意したのはその翌日であった。私はイヴォンヌに、まじめな男を見つけたいという願望を伝えた。でも残念なことに心の中を探る装置はまだ存在しなかった。だから私は、やむをえず自分自身を競売にかけることにした。カナダの鉱山でそういう例があったと聞いたことがある。

「面白いわね」イヴォンヌは皮肉った。「でもカナダでは白人女性だったのよね。あんたときたら黒人《メラニネ》よ、忘れたの？　あんたの肌の色、闇夜の顔料をどうするつもり？　奴隷として自分を売るというわけ？　わかる？」

「私が奴隷ということ以外は完全にわかるわ。私は主人でもあるのよ！」

「自由という私の選択があんたを当惑させていることは認めるわ。特にこの不幸な災難のあとでは。でもあんたが男を選ぶなら、誘惑しようとしないのはなぜ？　怖いの？」

明らかに袋小路に入り込んでいて、私は押し黙る以外なかった。イヴォンヌの眼に憎しみの稲妻が見え、それ以降、彼女が私に話す時には決して捨てることのなかった冷淡な口調で、私が望むようにするだけだと言い、それきり黙ってしまった。

＊

私がどうやってこの競売という考えを思いついたのか、まったくわからなかった。おそらく前夜の騒動のためだろう。でも、イヴォンヌに伝えるや否や、私は嬉しくなって、心が軽くなり、妙に興奮してしまった……。

ところが近所の女性たちは、彼女と同じく拒否反応を示した。黒人男性は警戒して遠巻きに私を眺めた。まるでペスト患者を見るように。そして白人男性のうち数人は私に対して攻撃的になった。と言っても、私を貶めたいというわけではなく、私が彼らに被らせてしまったらしい個人的な侮辱への仕返しをしたいようであった。私に賛同する人々の中に、すぐさま二つの部類を見分けることができた。臆面もなく私をじろじろ見る人たちと、ごく少数だけれど、今や私に尊敬の眼差しを向ける人たち。私はこの尊敬を、ただひとりの男とただひとりの女に見出した。女の名はアナスタジアで、憲兵の小柄な女中であった。この町に来る丸木舟に乗り合わせた時、彼女が女中として仕える予定の、まだ顔を知らない「男」をバカにした連中を前に、彼女を擁護したことがあった。ある者たちは、男はせむしであるとまで言ったが、私はこっそり彼女に、私が聞いた限り、彼はむしろ外見も振る舞いもまともで、申し分ないらしいと言った。そして引っ越しを終えるとすぐ、私は彼女に、彼女のヨーロッパ男とともに料理と家事の基礎を手解きした。私に尊敬を示した男はといえば、「ラ・コミューン」と呼ばれる元徒刑囚であった。その男はパリで、あの熱狂の時期を過ごす栄誉に浴したのだった。金の鉱脈を発見し、自らそこで採掘し、丸木舟でカイエンヌに運んだと言われていた。その土地は掘り尽くされており、彼は最後の旅に出ることになっていた。彼は自分の鉱脈の場所を、その付近を掘り起こしたいと望む人々に教えていた。今では、三年にわたる猛烈な努力、呆れるほどの術策、絶えざる隠し場所の変更によって貯め込んだ莫大な財産を持っていた。人が自分の住む界隈の道を熟知するように、彼はこのジャングルをよく知っていて、夜更けのどんな時刻でも、ひとりで、急に思い立って丸木舟で出かけるのだった。勇気だけを携えて、追ってくる連中を銃で撃ちながら。連中はこの男を尾行し、襲って捕まえようとしたが無駄だった。今ではそれも終わっていた。最後の旅のために、彼は河岸に短艇を押し出そうとしていた。

さまざまな公共の場や、喫茶店、憲兵隊本部、市役所に通知が貼り出され、皆が、十八日後のバプテスト教会のミサ――司祭がいないためカトリック教徒も出席していた――のあと、私が競売に出ることを知った時、彼はほほ笑みもせずに私に尋ねた。「どうして?」人々からさんざん侮辱されていたので、私は答えずに、彼に無言で給仕してから他の客の元へ行った。翌日、彼はしつこくまた聞いた。「じゃあ、君はどうしてか、言いたくないんだね」私は同様の無言を貫いた。なぜなら、彼はもうじき財産とともに立ち去る、カイエンヌに戻って、そこから、世界へ。彼はそう言っていた！　だから女を必要としていなかった。

＊

私は怯えきっていたため、この競売会のことを覚えていない。灰色がかった青地にオレンジと白の水玉模様のクレオール風ワンピースを着て、素敵な首飾りとバンレイシの実で作られたイヤリングを身につけていた。その時に流れた噂によると、ある者たちはこの一件を利用して楽しみたいと思っていた。艦褸着はマドラス地のスカーフに包んで足元に置かれていた。それも私の出費で。私はアナスタジアに助けを求めた。彼女が連れてきてくれた二人の憲兵は、庇の下で、群衆と私との間に陣取った。最前列にも私を援護しているような人たちが見られた。ほとんど話さなくなっていたのに、イヴォンヌまでもが揉め事に備えてそこにいた。それは見せ物であり、町中の人が集まっていた。ある時、あまりの恐怖のために私の眼前ですべてが霞んでしまった。まじめな男を望んでいると言った時には半ば盲目になっていたが、あとで聞いたところでは、私の声は尊大であったらしい。私は続けて、買い手が善意の証明として憲兵に競り落とした金額を支払うことを求めると言った。そして、私が男を気に入るか否かによって、その金額を共有の家財とするのか、それとも、男と別れる場合のために私が保管するのかを、一カ月間留保させてもらうと説明した。だから男は私に何を期待できるかを知ることができるし、私はよい伴侶となり、仕事を手伝うことを約束するから、私を信頼していいと言った。男性からも女性からも浴びせられた野次は、侮蔑的な言葉が多かった。「臆面もない同調者」たちのひとりは一杯の酒にも足りないような低すぎる付け値を提示した。それでも競りは始まっていた。徐々に、嘲笑、冷やかし、からかいの中で、私の商品価値は引き上げられ、給仕としての私の給与の三カ月分に達した。申し出はまばらになったが、より執拗になっていた。当初は無関心に見えた「臆面もない同調者」は怒りで真っ赤になり、他の買い手がするように一堂に申し出を投げかける代わりに、唾を吐くように私に投げつけていた。私は彼が勝つことを恐れた。群衆の中の誰でもいいけれど、何とはなしに、この男は嫌だった。突然、前触れなしに、彼は付け値を金五〇〇グラムに引き上げ、ついさっき赤くなっていたのと同じくらい、群衆が沈黙する中で青白くなっていた。私は、競売は終わったと思い、すでに自分の無分別を悔いていた。その時、「ラ・コミューン」が穏やかに言った。金一キロ。不思議なことに、彼は頭陀袋の中にすっかり用意された小さいひと袋の金を持っていて、すぐに天秤で計ったところ、正確に一キロと判明した。彼の袋を受け取った憲兵はそれを町の金庫に入れた。それから彼は手を私の肩に置き、私を前方に、彼の小屋のある方向に押した。その間、好奇心にあふれ、ほんの少し考え込んだ様子の人々は私たちを眼で追っていた。私は仰天していた。私は襤褸着の包みを置いて、待っていた。彼は腹が減ったと言った。彼に食事の用意をすることを提案した私は、感じのよい女であることを示すために鼻歌まじりで取り組みさえしたが、彼への媚びへつらいや誘いは一切なかった。給仕して、ほほ笑むことはせず様子を見ようと決意した。彼は私の料理を旨いと思い、それに関して何か言った。そして彼は私が食べ終わるのを待った。それから、テーブルに少し身を傾けると、私の腕を掴んでほほ笑んだ。その時私は言った。

「どうしてあなたは待っていたの？　一キロすっかり用意してあったのに」

彼は何も言わずにほほ笑み続けた。私の心臓は狂ったように鼓動した。

「どうしてあなたは私を買ったの？　行ってしまうというのに」

彼は依然として注意深い眼差しを私に注いだ。

「俺は知りたかったんだ」

すぐに私は彼が何を知りたかったかを理解し、そういう素振りは見せなくても、彼がまた私に問いかけていることがわかった。ただ、その眼差しは執拗ではなく、答えても答えなくてもいい自由を私に与えてくれていたので、私は、ほろ苦くも勝ち誇った喜びとともに、二人目の男を知りつつあることを理解した。

3

　そんなに昔ではないけれど、彼と知り合って約四十年後に、この傑出した人物が何者であったのかをはっきりと認識することができた。女がひとりの男を知るとは、多くの場合、男をどこまで誘惑できるかを判断することに尽きる。この男があまりに偉大であったために、ともに過ごした日々や彼の打ち明け話の記憶に基づいてその存在を読み解くのに四十年かかってしまった。私はそれを語ろうと試みるが、同じ男について、つまりこの最初の日、私を腕に抱くために夜を待っていた——まるで私たちが聖なる夫婦で、彼には私の子どもが複数いるかのように——男について語ることになるか、定かではない。この穏やかで注意深い存在は、決して、ああ決して、四十年前から私の記憶が再構成している男ではないけれど、その存在は、彼について私が知るすべての下に、私が語りえるすべての向こう側に生きている。ずいぶん昔に私を掠めた彼の本当の人生の語りえない部分が、今でも私に痛みを与える。

*

一八五〇年代、ルイ・ボナパルトのクーデタの少しあとに、彼は、北仏ソンム県の小作農の家庭に生まれた。かつての農奴たちは大革命の恩恵を受けて地主となったが、続く工業化によって土地を収用され、彼らは都市へと投げ出された。すると今度は、もはや領主の土地ではなく、ブルジョワが所有する機械の奴隷となった。その時代、自分たちの権力にまだ確信の持てないブルジョワは、人々を搾取していた。西洋の都市の周辺には、現在、地上のどこでも見られるように、「城壁跡」、「貧民街」、「下層地区」があり、それらは機械に支配されたフランス農民たちにとっての「カスバ」や「メディナ」であった。人々はそこで生き、死んでいった。今のアフリカ、アメリカ、アジアと同様に。デュゲおやじは「繊維産業の三角地帯」か、「黒人の世界」か、広大なパリの一帯かで迷っていた。ある隣人が北仏ランスの鉱山に働きに行っていて、それはまだ土地に関わる仕事であったことから、彼はその隣人を追いかけた。そして家族を呼び寄せると、刀のように真っ直ぐで殺風景な道沿いに鉱山の経営者が配置した煉瓦造りの穴のひとつに押し込んだ。ミシェルは九歳で鉱山に入り、十年後、普仏戦争が勃発するまでそこから「出て」こなかった。彼は二、三人の少女を含む子どもの一団のひとりで、彼らは同じ日に「真っ先にひどい目に遭わされた」。そのうち軍服を着ることになったのは二人だけだった。他の者たちはひとり、またひとりと炭鉱に飲み込まれ、華々しさも悶着もなく、人命の価値がゼロに近い場所であるかのように死んでいったからである。父親にとって炭鉱は耐えがたかったが、そこで毎日十二時間、つまり人生の最良の部分を過ごす子どもたちにとっては、下の世界は上の世界よりも広大で面白かった。上の世界は事実上、がきどもの叫びによって中断される重苦しい眠りに限られた。下の坑道では、上では味わうことのできない自由を感じることがあった。生きるに値する瞬間もあった。仕事ぶりについて大人から心のこもった言葉をかけられた時。仲間が冗談を言った時や、手押し車の後ろで屁を放った時。打ち捨てられた坑道で、数人で裸になって働いた時。採掘者のうちひとりか二人は十二歳の少女で、その白い身体は闇の中でランプのように輝いて見えたが、塵で覆われた顔や、指を当てるとまず軋んでから柔らかくなる頬はほとんど見えなかった。無言のほほ笑みとともに急に輝く歯、白眼を見開いたままの夢見心地……。

拳銃を持たされて地上に残らされた時、数カ月にわたって身体と眼にかなり不快な酩酊を感じた。まるで一杯のまずい酒を飲み、それが消化されないように。空気は張りがなく、空は不確かで、彼の手足とともに大地が震えることもなかった。それから心が引き裂かれ、彼は自分の周囲の戦争を見た。世界は、三カ月で膨張したかのように巨大になっていた。そして傍らの男たちは、自分自身のある部分——彼には知る由もないが——を殺し合いに投入し、それを喪失しつつあった。この殺し合いは彼の人生のすべてよりも刺激的に思えた。彼の隣人たちはその喪失を、戦争に負ける、と呼んでいた。パリでの退却に続いて、尖ったかぶとのプロイセン兵たちが周辺に宿営し、人々はこれ以上ないほどの空腹でくたばり始めた。長時間の攻囲戦の間に、あるパリの労働者が彼に言葉をかけた。そして外出許可を得たある日、家に連れ帰った。人々は彼にブルジョワとは何かを説明した。他にも彼が徐々に意味を理解した言葉があった。不正、軽蔑、貧困である。これらとは反対の意味を持つように思われる、自由、社会共和国、全人類の友愛などといった言葉も、知ったかぶりをしつつも、理解していなかった。とりわけ彼を有頂天にさせたのは不正という言葉であった。その時、彼の視界は晴れた。なぜなら、世界を秩序づけるにあたって、彼の憎しみだけが十分な強度を備えていたからである。

パリ・コミューン〔一八七一年三月十八日から五月二十八日まで労働者階級が樹立し、主導した自治政権〕は、彼の人生における盛大な祝祭であった。一八七一年三月、ルコント将軍が蜂起したコミューン兵士たちへの銃撃を命じた時、第八十八戦列の一員として彼も銃を振りかざした。言うに言われぬ歓喜の中で、彼らはルコントとトマを背後から撃ち倒した。それはまるで、イエスが雲に乗って降臨し、善人たち、労働者たちの怒りに対して悪人を指し示したようであった。人生が始まろうとしていた。コミューン、世の人民たちの初の祝祭。平等配分論者たちは言った。農民たちに土地を、労働者たちに道具を。コミューンが祝祭であったのは、出発を余儀なくされていたためである。パリを再び征服しようと、プロイセン軍が周囲に野営していた。コミューン派によって開始された唯一の防衛作戦は、一八七一年四月三日、無様な失敗に終わった。

ヴェルサイユ軍兵士たちは捕虜としていたコミューン派の指揮官たちを銃殺すると、コミューン派も人質に仕返しした。労働者が嫌っていた大司教ダルボワ猊下とその他の聖職者たちである。内戦となり、二回目のパリ攻囲戦は二カ月続いた。ヴェルサイユ軍兵士たちは当初はその緩慢さで、続いてその残忍さで驚かせた。パリ襲撃は五月二十一日に始まった。市街戦は一週間続いた。マクマオンとガリフェが率いるヴェルサイユ軍は、コミューン派の人数より多い、三万人を殺した。戦闘は日に日に激化した。猛り狂ったコミューン派は、テュイルリー宮殿、ルーヴル宮殿の一部、市庁舎に火を放ち、人質を惨殺した。負傷したミシェルは友人宅に隠れて、街路へ乱入するブルジョワたち、人民に死を施す司祭たち、鎖に繋がれたコミューン派の眼を日傘の先端で突き刺す貴婦人たちを見た。彼は血塗られた一週間の二十一日後に逮捕され、その負傷ゆえに、診療所への長期滞在のあと、流刑だけで済まされた。一方、彼の友人とその父親、二人の兄弟は銃殺された。流刑地へは、レ島から、労働歌「インターナショナル」を歌いながら出発した。

航海は彼にとって、容赦ない鋼色の波に囚われたこの世界の様相を観察する機会となった。そこでは、囚人たちが番人たちに範をとろうと工夫を凝らし、またその逆も見られた。双方とも本国の操り人形であった。彼はそこで、人間とは軟弱なもの、それも並外れて軟弱なものであることを理解した。あらゆる無益な乱闘をやめ、閉じこもって、結局のところ重要なのは、内的にひとりの人間であることだと決めこんだ。駆け引きの巧みな彼は、包括一罪の適用を受けて刑が軽減された。ブルジョワたちへの憎悪は、生き延びる方向に心が向くことで薄まっていた。この時、大人として生きる時代が始まった。彼はガスパールという男と友情で結ばれた。失業中の労働者で、パリ・コミューンの一年後に、ありきたりな路上の喧嘩にたまたま巻き込まれたのだった。一家の父親であり、実際はまったく喧嘩好きではなかった。しかし裁判の際に求められても、政治絡みの情報提供者となることを拒んだ。そしてまったく違法なことに、彼は五年の徒刑と十年の追放刑を科された。ガスパールがいた牢にはジュールと呼ばれる男がのさばっていた。彼は夜間の幻想の相手を牢の二人の仲間に強いていたが、その代わりに「庇護」を与えていた。拒絶することは殴り合いが起きることを意味し、殴り合いはほとんどいつも刑罰の上乗せを意味した。そして「ラ・コミューン」が内的に人間であろうとした一方で、ガスパールは外的に人間であろうとした。このことが彼らの友情を規定していた。さて、ある夜、ジュールと呼ばれる男が眠り込んだあと、ガスパールはその心臓の位置に太い釘を打ち込んでしまった。牢での隣人が沈黙を守ったため、二人とも、当初の刑期に五年が追加された。独房での三カ月のあと、二人は庇護者のいない石造りの大寝室に戻った。そしてもうひとりの「人間」が挨拶すると、ガスパールはただ「哀れなジュール」とだけ答えた。すでに終わっていた。皆、理解していて、今やこの男を「哀れなジュール」と呼んだ。刑罰の追加が重なって、彼は「終身刑」となり、マロニの懲治場に辿り着いた。「ラ・コミューン」はといえば、かろうじて、本当にかろうじて、内的に人間であり続けることができた。彼は番人も囚人も同じひとつの種の二つの系統であり、その同じ種にボニ族、アメリカ原住民、クレオール、カイエンヌの白人たちも属すると考えた。結局のところ彼にとって、それらの相違は取るに足りない、というように。しかし彼は、ひとりひとりの人間に違いを見出していた。それは別の次元の違いであり、炯眼でなければわからないことであった。そのために彼は、例外なくすべての人に対してあれほど良心的で、穏やかで、注意深かったのである。そしておそらく、このような次元での相違の予感ゆえに、彼は、自分を競売にかける混血の娘が何を望んでいるかを知りたかったのだ。またその予感は、私という人間に対して人が抱いた関心のうち最も純粋なものに違いなかった。今でも、私に向けられた彼の眼差しを感じる。私はそれが好きではないし、結局のところ彼が私をどう思っていたのかわからなかったけれど、私はこの眼差しを、かつて私に与えられた最高の栄誉のように感じる。

4

もし私が十分に長く生きたら、すべてを正面から見ることができるようになるだろう、と想像してみる。ただ、ある事情のせいでいつも、私の人生を書くことができない。それはおそらく、私が失敗する本当の理由なのだ。その事情とは、もし私が何かを言えば、もし私が、美しいとは限らないすべての真実を物語れば、一部の人々が、私の罪の責任を、私を生きさせてくれるすべての人に負わせようとするから。でも、すべて言い尽くすのでなければ、語ることにはどんな意味があるのだろう。

＊

そういうわけで、私は川を下っていた。両膝に一キロの金を挟み、男とともに。共通して知っている歌がなかったため、二人ともそれぞれに歌を歌い合った。この男の存在が物事に本来の性質を取り戻させ、私はそれをありのままに発見していた。先史時代の動物であるカイマン、人には害のない巨大な吸血コウモリ、それに大猫のオセロットがいたが、おそらく島にいた「野生に戻った」犬たちよりは凶暴ではなかった。島の犬たちは人気のない円丘に出没し、時に村まで下りてきて狼のように恐怖の種を撒き散らした。ここでは真の敵は、国土の広大さと人の少なさであった。

カイエンヌには数日間だけ滞在した。その間、相手が総督であれ、喫茶店などを経営する釈放された徒刑囚――解放された奴隷とでも言おうか――であれ、すべて「取引」を目的とする訪問をした。訪問先にはいくつかの中国人の小売店もあった。それらは富の神殿、黄金とゴムの取引所、さらには蝶の翅の回収所であった。場合によって、「ラ・コミューン」は私に幌つき馬車で待つように頼んだり、あるいは私を下ろして彼の「妻」として紹介したりした。それはもちろん伝統に従っていないように聞こえたが、それでも常に笑われることなく受け入れられた。人々は根本的に無関心であり、女が絡む話はすべて卑猥な話でしかないという確信ゆえの飾らない簡素さで応じた。競売の直後と同様に彼の右手が私の左肩に置かれると、彼が、自分の物や家畜のように私を前方に押しているという考えが浮かんだ。それから数日後に私は理解した。なつかない動物が逃げ出しはしないかと常に心配するように、私がそこにいることをいつも確認したかったのだ。彼は残りの金を売って、外国の銀行へと振り替える必要があった。また、金塊を片手に、彼の身分証明書と、マロニの懲治場にいる古い友人ガスパールとの面会に必要な許可証に関する手続きを済ませた。幸いなことに、こうしたすべてはコンブ〔エミール・コンブ（一八三五～一九二一年）。一九〇二年から一九〇五年までフランスの首相を務めた〕内閣の時期に行われた。フリーメーソンの一員コンブは、かつてのコミューン派——突然、栄光の伝説に包まれるようになった——に大変好意的であった。不思議なことに、刑務行政局の事務所を出たところで、下士官たちは彼をおまえ呼ばわりしたが、上官たちは「ムッシュー」と呼んでいた。単に金塊のためではなく、金を所有する人物への深く真摯な尊敬からであった。それは、すべての金銭は適切に得られた正当なもので、祝福されている、という信条に基づいていた。

時々こうした奔走の間に、幌つき馬車で彼を待っていると、私は、いつも同じ内容で、何回も繰り返されるあの場面を夢想し始めた。

「ほら、あんたの金よ。これを家財道具に入れて」私は彼に金を差し出しながら言った。

「でも、もし俺が一週間後におまえを追い出したら？」

「かまいやしない。一週間だけ男といたってことになる。今度は私があんたを買うのよ。これが私の持参金」

そして彼はやはり平然とした様子で、両眼を急に輝かせて。

「さて……。準備は終わった。書類はすっかり揃った。出発はあしただ」

この瞬間、説明のできない不安のために釘づけになり、私が発しようとしていたこうした言葉への激しい恐怖に捉われた。まるで私がこの恐怖とともに、「ほら、私の金をあんたに預けるわ」という私の言葉に続く未知の中へと、気が遠くなるほど落ちていくかのように。

「ラ・コミューン」の顔には軽い痙攣が見られた。すぐに私は、この言わなかった言葉によって、ある道が切り開かれていたことを知った。それに、この言わなかった言葉が核を形成し、私たちの関係がその周囲で進展することになる、と。完全に干上がった水源のそばに村落が築かれるように。そしてずっとあとになって、別れたあとに、私は自分の過ちを理解することになる。愛を名づけたいと望んだ、あるいは、そうする必要があると考えた愚かさ。私はその愛を、強要されることなく自由に、世界が閉ざされるのではなく開かれるように生きていたというのに。だからやがて、そう、コロンビアで、痛みよりもさらに耐えがたい後悔に苛まれた。

＊

サン＝ローラン＝デュ＝マロニは、徒刑囚によって徒刑囚のために建設された都市であった。後年、ブッヘンヴァルドが逆境にある他の人々によって築かれるように。ここではすべてが徒刑囚に敵対して手を結んでいた。オランダ警察、クレオールの人々、逃亡奴隷の諸部族は、徒刑囚を見つけると生死にかかわらず当局に突き出した。死に至るジャングルに加えて、海にも死の危険があった。沿岸に群れる鮫が人肉を好むよう、死者たちは袋詰めにされ、鮫たちに向けて投げ込まれていた。あたかも、最低の人間たちには埋葬のための土地を与える価値もないというように。ご馳走を期待する鮫たちは、上げ潮とともに三キロでも四キロでも川を遡上していた。

丸木舟の上で、ボニ族〔十七、十八世紀にプランテーションから逃亡し、マロニ河岸で暮らした黒人たちの子孫〕は「ラ・コミューン」を介してのみ言葉を交わした。彼らにとって、私は存在しないのだと明確に感じた。でもそれが何だろう。私は彼らの短くて印象的な身振りと歌の美しさにすっかり魅了されていた。応唱のようなものが、すぐさま漕ぎ手から漕ぎ手へ、前から後ろへ、という感じに引き継がれた。私がその歌の意味を知りたがると、「ラ・コミューン」は困った様子であった。

「おまえは本当に彼らが歌っていることを知りたいのかい？　こういうことだ。白人の男が悪い血の女を手に入れた。もう一方はいつもこう応じる。女は屁ほどの価値もない、女は屁ほどの価値もない」

「でも彼らはあんたが言葉を理解していると知っているでしょ？」

「知っているさ。でも、隠すことはないと踏んでいる。彼らは川では我が物顔。水の支配者なんだ」

その時、「ラ・コミューン」を介して、私は漕ぎ手たちに言った。

「ボニ族は誇り高い人たちだけれど、この世に何人のボニ族がいるのかしら？」

そして「ラ・コミューン」を介して彼らは答えた。

「大昔、たった三百人のボニ族がいた。今では二千人のボニ族がいる。川にいる魚は川沿いにいるボニ族よりも多い。でもそれぞれの魚は一匹、それぞれのボニ族は二千人」

「白人たちは魚かしら？」

「白人は白人」

「そしてこの女性は魚？」

一瞬の沈黙のあと、漕ぎ手が言った。

「もし彼女が女性であるなら、彼女は魚ではない。もし彼女が魚であるなら、彼女は女性ではない。でも彼女は何者か？　誰もわからない」

すぐあとに、後方の漕ぎ手の声が聞こえた。

「女性に、話したいことがあると言ってくれ」

長い話を覚悟して振り返ったが、彼は私を見て、ただこう言った。

「ボニ族は悪いやつらじゃない」

こういう意味だ。おまえを傷つける気はないけれど、俺たちには生まれながらのアフリカの感性がある。白人は白人。でも、奴隷の後裔であるおまえたちは、何者でもない。おまえも、俺たちも、誰も悪くはない。おまえは何者でもない。ただ、いる。川にいる魚の一匹一匹のように。

「ラ・コミューン」が私に通訳している発言の意味を認識する前から、そのボニ族の男に感じた憎しみゆえに、私の口は開かれ、逆光で男の顔が徐々に隠されていたにもかかわらず、私の眼差しは彼に注がれたままであった。前方のボニ族が新たな歌の音頭をとり、後方の漕ぎ手がそれに応じるまで、私は彼を見据え続けた。男たちはもう私を見ておらず、まるで私は存在しないようであった。振り返ると、「ラ・コミューン」が依然として、理解せず、判断も下さない人の当惑した表情を浮かべているのが見えた。その時彼は、新しい歌の歌詞は私たちには関係ないと言った。でも私は旅の間じゅう憎悪で満たされていた。それはボニ族への徹底的な憎悪で、あらゆる長所や短所、相違点や類似点、彼らの裸体の美しさ、子どもたちの詩だけでなく、その夜を過ごした村落にいた幼い娘の魅力にも向けられた。彼女は私たちの前に居座り、二人を見比べていた。そして、怒っている女性に呼び戻されるまで、手で私の腕を触っていた。

*

翌日、私たちが刑務所に到着すると、生死をともにした彼の古い友人ガスパールが面会室に案内されてきた。彼は、しわくちゃで色あせた老婆のような顔をしていた。その眼は、平らで青く、少し艶を消された石ころのようであった。会話の途中、彼は「ラ・コミューン」を見ながら、事件について質問するように言った。

「君の黒人かい？」

「俺の「妻」さ。挨拶してごらん」

するとと老人は、友人と同じく慎重な注意深い眼差しで、長い間、私を見た。それから賛同するように瞬きして、黙って私の手を握り、口角を軽く上げながら頷いたが、ほほ笑むことはなかった。難しい手術を受けた重病人が、あまりに疲れて何もできないように。彼は私の手を握ったまま、また友人に話し始めた。そして沈黙してから、消え入りそうな声で言った。

「触ってもいい？」

「ラ・コミューン」は答えた。

「彼女に聞きな」

すると私は彼の手を取り、私の胸に置いた。それから彼は自分で私の全身体を愛撫し続けた。今度はほほ笑んでいたが、私の前に立ち、身を乗り出すことはしなかった。彼の手が置かれる場所はどこでも、心地よい哀れみの波が押し寄せるようであった。それは沈黙のうちに長く続いた。扉が開き、番人の影が現れた。すると彼は手を引き戻し、女の懐かしい匂いを吸い込むように鼻に運んだ。そして何も言わず、身振りもなく、やはりほほ笑んで、瞬きしながら振り返り、ドアの方へ、番人の方へ、永遠の刑務所の方へ向かった。右手はまだ顔の高さにあり、掌に私の匂いを嗅いでいた。

「ラ・コミューン」もとても穏やかにほほ笑んでいた。私たちはこうして、丸木舟に腰を下ろす際のひと言を除けば、言葉を交わすことなくサン゠ローラン゠デュ゠マロニに戻った。彼は悲しそうではなかったが、厳かで謎めいた様子だった。そしてその夜私を抱いた時、貴重品を扱うような、ためらいがちな仕草であった。それは私に触れる老人の仕草であり、老人のために快楽を得ているかのように。私はそれでかまわなかったし、二人の男といることが嬉しかった。ニューヨークまではこうして、彼、私、そして老人の三人で、物言わず、幸せであった。

5

サン＝ローラン＝デュ＝マロニからパラマリボまで何事もなく旅し、リオからは、ニューヨークに向かう乗客がいれば途中で乗せてくれる貨物船を利用することができた。船長と乗組員に歓迎され、私たちは船室に身を落ち着けた。しかしニューオーリンズで五人のアメリカ人が乗り込むとすぐに、ある気まずさが生じた。それまでのように、船長の求めに応じて昼食時に彼の右側に座った時のことであった。夜を過ごすために私たちが船室に戻ると、船の給仕頭がドアをそっと叩き、「ラ・コミューン」に船長が提示した選択肢を伝えた。私が船室で食事をするか、彼とは別のテーブルにつくか、その夜、航路上にある小さい港で下船するか。下船する場合、最後の食事の際には、アメリカ人たちは食堂に姿を見せないということであった。その港で下船した場合にどうなるかを私が尋ねると、「ラ・コミューン」は、長期間そこに留まることになりえると言った。元徒刑囚であるため、入国査証を取得することができなかったのだ。もし私たちが現状の維持を要求したら？　私たちに理があるはずじゃない？……彼が言うには、彼はすでに「強い要求を出して」きたのだ。それに、たとえ旅費の全額を支払っていたとしても、それは商船であるため、船長は、ある乗客が船室で食事するということを自由に決定することができた。そういうことなら、私は指示に従い、彼は食堂に行けばいいと言った。うろたえつつも穏やかな注意深い様子で、彼は突然に、奇妙かつ謎めいた感じに眼を輝かせた。でも俺は、向こうでどうしたらいい？　いやだ。お願いだから船室で一緒に食べさせてくれ。彼はほほ笑み、私を見た。ガスパール老人も私たちとともに船室にいると感じさせる雰囲気で。

＊

ニューヨーク到着を彩った予期せぬ出来事を私は忘れてしまったが、私たちはハーレムのあるホテルに辿り着いた。一泊ですか、ムッシュー？　という質問とともに受付係が浮かべた謎めいたほほ笑みを、私はまだ記憶している。とても遅い時刻で、精魂尽き果てていたので、私たちは酒を飲んだ。そして訳もなくふざけながら、すぐに衝動にまかせて乗り出すことにした。

「ここで何をするんだ？」彼は肩をすくめながら言った。「すべてが完全にばかげているし、このコックの類いをどう動かすのか見当もつかない」

「あんた、自分で望んだんじゃない？」

「そうだ、男が望むことを女は知らない。ああ、俺はおまえになぜかを言うことができない。飲もう。もしかしたら俺はすぐに言うかもしれない。どうしてかを……」

「私はなぜか知ってるわ、ねぇ。あんたはパリに、文明の生活に戻りたい。でもあんたは本当にそんな現実を知ったの？」

「おまえは笑うだろうけれど、俺にとって何も明らかなことはない。あとさき考えないで動いている。鉱脈で俺の黄金をもぎ取るために汗水たらしていた時、俺は自分に言っていた。さあいいぞ、しがみつけ。ニューヨークは目の前だ、坊や。おまえは楽しんで、ブルジョワになれる」

私は彼が、酩酊した真実とでも言うべき特別な諧謔に浸っていることを理解し、半ば真剣に言った。

「無理ね」

彼はおどけて首を振った。

「いや、いや、できるさ。ブルジョワたちのこと、本当は俺は憎んでいる。でも、羨ましいと思ったり、憧れたりする部分もあるんだ。そうじゃないなら、なぜ俺は彼らのまねをして、彼らの場所に出入りし、彼らの物腰を身につけ、大尽風を吹かせたいんだろう」

私はこう遮った。

「私が感じるのは、確かにあんたは私を愛しているけれど、私の何かをあんたが軽蔑しているってこと」

私の指摘をすっかり飲み込んでから、私に聞いてほしくないとでもいうように小声で言った。

「どうしておまえは俺をそんなに突き放すんだ？」

「あんたこそ、どうして私をここに連れてきたの？　私の考えも聞かずに」

私たちは笑い出し、彼は半ば真剣にぶつぶつ言った。

「俺がおまえを買ったことは覚えてるね。そしておまえはまだ一キロの金を二人の家財にしていない」

会話が途切れたあと、私たちはまたふざけ合った。私は彼に、そうしたいと言えたらよかったと思う。百万回でもそうしたいと。彼の金を。心底、彼の金などどうでもよかったのだ。でも私には言えなかった。カイエンヌで、一キロの金を差し出しながら、彼にこう言うべきだった。ほら、これを家財に入れてよ。

するると彼は言っただろう。

「でも、もし一週間で終わったら？」

そして私。

「かまわないわ。一週間だけ男といたことになる。今度は私があんたを買うのよ。これが私の持参金」

……実際のところ、この会話はここでは意味を持たなかった。それは、向こう、つまりギアナ以外のどこだとしても意味を持ちえないだろう。あの大陸の人間も、事物も、金も、私たちが話している部屋に入ることはなかった。今しがたすでに、私たちをこのホテルの寝室に送り届けた気難しい黄色のタクシーの中で、私たちが、どこか海の中に老人を捨て去ってしまったことに私は気づいていた。溺れた人を流されるままにするように。ガスパールという男の何もここに入ることはできず、存在しなかった。ギアナについて話すのは、ある書物について話すのと同じであった。不意に私は、なぜ人々がギアナの思い出を「黄金に染める」のかを理解した。

私たちの間に、衝動が掠めることもない、本当の気まずさが横たわった。その瞬間、私は彼にとってよそ者、見知らぬ人になってしまったことを理解した。彼がポケットに入れている紙幣で一時間だけ買うことができる、道端の娘たち以上でも以下でもなく。そうだ、まるで彼が力ずくで私を出発間近の列車に投げ入れ、彼の眼前で私が離れていき、その瞳の中でとても小さく、微小になるように。あるいは、私はホームにいて、彼が、私の心には存在するのに、小さく見えるようになっていく。その間、私はホームの雑踏の中に身も心も姿を消し、そのホームも消えてしまうように。そして今度は私がこう叫ぶ番だったのだろう。どうしてあんたは私をそんなに突き放すの？　でも私は何も言わず、彼は枕の上で寝返りを打った。動揺した眼つきで、私から遠く、ここから遠く離れて。でも、どこに？　彼がどこにいるかを私が知ったのは、徒刑囚たちの歌の一節を彼が口ずさむのを聞いた時である。そういった歌には、人生の腐敗した部分、人が感じる倦怠、堕落を好む人間の狡さが浮かび上がる。強制収容所でも、古代の奴隷やガレー船の囚人のところでも、人間が否定される場所ならどこでも生み出された、陰鬱だけれど壮麗な歌のひとつである。

父ちゃんと母ちゃんを殺しちまったようだ
だからこの世の劫罰に処されるだろう
おまえの墓は鮫の腹
色ごとも自分ひとりで
息子よ万歳、息子よ万歳
それに植民地部隊も万歳!!!

6

「ラ・コミューン」は立派なカフェやブルジョワが訪れる高級店に出入りするようになった。彼はどこに行っても、彼を追い、監視するような眼差しを感じていた。それはダイヤモンド細工師が使う拡大鏡のように、この世にある物の製造上の欠陥を仔細に調べ、この世界の卸値と呼ばれるものに従って鑑定していた。金持ちの身なりをしていても、彼は、自分には計り知れない神秘に包まれた模範をまねているような気詰まりな印象を抱いていた。それはブルジョワであった。

少しずつ彼は私から離れていき、別々のホテルで暮らすようになった。ハーレムの部屋で私が自問したのは、彼が反対側に移ってしまい、彼と同族の人たちの眼鏡をかけて、私をただ黒人女性としてだけ見るようになるのではないか、ということであった。心配事はそれに留まらなかった。漠然と感じたのは、肌の色の問題以外にも、アメリカの黒人の多くは本当に西洋化していて、彼らをばらばらの群衆に変えてしまうこの大都会のせいで故郷喪失者になっていること。群衆は二重の孤独に苛まれているようであった。でも私は言葉を身につけておらず、誰とも話すことができなかった。時々、義務、必要、哀れみから「ラ・コミューン」が私の部屋に姿を現した。彼は奇妙な表情を浮かべていた。何かを探しに来たけれど、何かわからず途方に暮れる男のような。さっさとドアから出て、去って行った。それだけ。いったい何を探しに来たのだろう？　私は彼が話すのを待っていたけれど、言葉はなかった。関係は絶たれていた。肉体の関係も。

彼とは、外国人事務局でしか会わなくなっていた。私たちはそこに、同じ日の同じ時刻に行っていた。事務局の職員はフィルという名で、ある朝、ほほ笑みながら私に言った。

「ではあなた方はもうご一緒ではないのですか？……あなたの白人のご友人は、今日、ずっと早くいででしたよ」

フィルはルイジアナ出身でフランス語を話し、クレオール語も少しわかった。彼は私を、「西インド諸島《ウエストインディーズ》」という、やはり多くがルイジアナ出身の友人たちが出入りするキャバレーに誘った。彼は親切にも、その夜、私のために通訳を務めてくれた。

「僕たちと一緒に、僕たちの側にいてくれ」彼は即座に私に言った。

「どちら側のこと？　まるで戦争でもあるみたいに言うのね。確かにここの白人の数人はあなたたちに戦いを挑んでいる。でも、あなたたちはどう応じるの？　黒人戦士たちはどこ？　どこに闘争がある？」

「そこにあるけれど、見えはしない。でもいったいどうして、君は敵側に回ったのだろう？」

「どの敵よ？……第一、あなたが考える白人は私の友だちよ。永遠の友だち」

「あの白人は友だちか。いいさ。それでも、君は僕たちと一緒にいることができるはずだ」

「でも、フィルさん、私のヴィザは三カ月までよ」

「それだけなら簡単さ。結婚するんだ。君と僕が。それから君は好きなようにして、僕もそうする。どちらにしても僕は結婚しないし、適当に女性を見つけることができる」

「親切な申し出をありがとう、フィル。でも、私は前に進まなくては。私の道を行くのよ」

会話が途切れた。そしてある声が、奇妙に笑いながら、暗号のような何かを言った。フィルは説明もなしに通訳した。

「また花火だ。あの声はそう言ったんだ」

私はその言葉が何を意味するかわからなかったけれど、急に様相を変えた一同が、声を揃えて尋ねた。

「どこで？」

「アラバマのうるわしの故郷で」声は言った。

するとある集団の女性が練習するように歌い出した。アラバマ、アラバマ、時間を遡ってソドムとゴモラと言うように。私ははっきりと、何かを理解し損ねていることを感じ取った。フィルは私を見ずに、抑揚のない声で、リンチがあったのだと言った。人々は女性に合わせて歌い始めた。まるで女性の閉じられた眼の奥に、ずっと、ずっと前からこれらの歌詞が存在していたかのように、歌は徐々に、自然発生的に形をなしていった。そして小さな集団が彼女の旋律を伴奏するために指を鳴らし始めた。

二千年前から
主は道を行かれる
アラバマのわが故郷に向かって

十分な時間がある
父なる神の名において
急ぐ必要があるか？
神の子の名において
主よ、どこにおられます？
どこにおられます？

夜のまどいの雰囲気に包まれて、各自、どうなりたいかを言っていた。そして一座の最長老は、「花火」を知らせた人物でもあったが、こう打ち明けた。

「俺は人間になりたかった」

次々に、彼らは頷いて賛同した。まるでそれは当たり前のことで、あえて言わなくても、誰もが言外に匂わせていることであるかのように。

心配そうに誰かが尋ねた。

「その他には？」

老人は肩をすくめながら繰り返した。

「何も……。ただ人間に」

私は英語をあまりよく理解していなかったけれど、彼の言葉は記憶に残った。「それだけ《オンリー・ザット》、ただ人間に《オンリー・ア・マン》なるだけ。わかりますか《ヴァンダスタンド》？　ただ人間に《オンリー・ア・マン》、ただ人間に《オンリー・ア・マン》、ただひとりの人間《マン》に」それは私がずっと望んでいたこと、唯一の願いだったけれど、実現できなかった。

成熟することなくやつれ果てた彼の顔と、物憂げで地を這うような、煮えきらないその声に、私は、十歳の頃、レイモナンク〔シモーヌ&アンドレ・シュヴァルツ＝バルトの小説『孤独の祖先』（二〇一五年）において、マリオットは母オルタンシアの私生児として誕生し、成長するが、父親はおそらくレイモナンクであるとされる〕が住む空地で、自由でいようと心に誓ったのと同じ残響を見出していた。ただひとりの女性でいたいと望んだはずが、今、私はどうなってしまったのだろう？

そして、もしあのブルースを歌った女性の黒い肌に、ほとんど見えないくらいの、細くて控えめな一筋の涙がなければ、この集まりは、黒人たちの普段のおしゃべりと変わらないだろう。千年生きなくてはならないとしても、私は決して忘れないだろう。黒檀の頬をかすかに伝うこの涙を。それは、鉛の壁のように高く積み重なった無力感を表していた。

＊

翌日、「ラ・コミューン」の訪問を受けた。彼は即座に、私たちが南米へと発つことを告げた。そして、悲しげな嘲りの口調で続けた。向こうでは、少なくとも俺は何者かである。向こうでは、金は王だ。私は彼に穏やかに言った。そうね、あんたはあんたの金の王よね。彼が私にほほ笑む間に、私は前夜、キャバレー「西インド諸島」で会った、フィルの友だちの老人を思っていた。彼もまた人間になることができなかったが、その失敗の奥に、ある種の偉大さを秘めていた。それは、実を結ばなかったとしても、彼がなしたすべての努力の、並外れた累積のようなものであった。

7

聖ヨハネの福音書によると、もしキリストの言行が余すところなく書き記されたら、地上の図書館全部でも収まりきらないという。それは誰の人生でも、私の人生でも、同じ、私にはそう思える。だからこの本は私の人生の泡にすぎない。私の記憶は疲れきっているため、こうして伝えているさまざまな思い出を、ほとんど自分のものだと認められないくらいである。だからこれは別の人生の泡ということになるだろう。ああ、いや、白状しなくては。前世紀の写真のようにおぼろげで黄ばんでいるとしても、こうしたイメージはすべて私しか知らないものだと。私はそれを、死ぬまで、自身の最も奥まったところに抱え続けるだろう。永遠に響き合うことのない、衰えゆく臓腑の動きの中の疲れ果てた器官のように。

いったいどんな望郷の念が、今日、私にキリスト教の言い伝えを想起させるのだろう。自ら湧き上がることの叶わない老女の感情が、子どもだった私の感情に寄りかかるように。そんな次第で、ニューヨークからの出発と、「ラ・コミューン」とともに中央アメリカの小共和国を巡った旅を語るべき今、キリスト、あるいはそう呼ばれる人のものとされる言葉が私の心に浮かんだ。ある女性雑誌によると、その言葉は、エジプトで数年前に発見された宗教に関わる写本の図書館にあるらしい。これがその言葉だ。神の国はいつ到来するのかと問いかけられた主は、答えて言われた。二つのものがひとつになり、外が内になり、男と女が男でも女でもなくなる時に。このような愛の形は唯一、サン＝ピエールの廃墟の焦げた肉の臭いを忘れさせてくれる可能性を秘めていた。私は「ラ・コミューン」と一緒にそれを見つけることはなかった。でもそれは存在する。確かに。少なくとも後悔という状態で。「ラ・コミューン」と私は、その愛の傍らを通りすぎてしまった。

＊

旅の間じゅう、彼が期待しているのを感じた。私たちは一キロの金をめぐってふざけ合ったが、私はそれを年老いた時にしか二人の家財とはしないつもりだった。真実だったが、私の失敗でもあった。私は自らの自由に、裕福な白人「ラ・コミューン」の顔を与えるのを拒んでいた。それは彼に対する信頼の欠如というより、自信がなかったためである。彼と人生をともにするのは、金持ちの白人だからではなく、人間性ゆえなのだという確信が持てなかった。毎日、何かわからないけれど、貴重なものを破壊していると感じつつ、それをやめることができなかった。当初、旅は私を熱狂させた。さまざまな民族、景色、町、言語……。それから私は、「ラ・コミューン」に見られるのと同様の物憂さに捉われた。私たちは絶えず場所を変えた。外観の相違にもかかわらず、どこへ行っても同じだったから。アメリカ原住民も黒人も見かけなかったが、貧しい人と裕福な人がいた。建築に関しては、草葺き小屋と立派なホテルの対比にしか注意を払わなかった。私たちはホテルに滞在したが、アメリカ人旅行者の純血主義になびかない場所に限られた。「ラ・コミューン」は、貧しい民衆の中で金を持っているために威力を増したと感じることも、現地の似非貴族にあらゆる門戸を開かせる本物の権力を正当に行使することもせず、反対に、日々衰えていき、より無力に、より陰鬱になっていった。彼はレストランの給仕たちや、何か用があって関わる下層民すべてに尋常でない謙虚さを示したが、こうした人々はそのことに気づくや否や彼を欺くのであった。一方で彼は金持ちたちに対しては怒りっぽく攻撃的で、彼らのうちに見出される自分自身を軽蔑しているようであった。「俺は確かに稼いだんだ、この金を」彼は言った。「でもそれが恥ずかしい」私はこうした言葉を上の空で聞いて、それほど深刻に捉えてはいなかった。何かが起きていると感じたが、それに意味を与えたり、名づけたりすることはできなかった。この自由な世界において、彼は自分自身を偽装しているにすぎなかった。彼は、言語を共有していない外国人たちから遠く離れ、フランス人たちからはさらに遠く離れていた。

隔てられている距離をはっきり知ることができたからだ。そして彼は、唯一の「わが家」は、永遠の別れを告げた徒刑場、あるいはむしろギアナのジャングルであることを理解した。繰り返しこう言っていた。「俺は今も徒刑場にいて、そこから出ることはない。俺は肌をそこに貼りつけてきた。人間の肌を。蛇の皮と違って、また作られることはない。今では俺の居場所はどこなんだ？　おまえも居場所があると感じさせてはくれない」

彼がこうした言葉を発した時、私は彼を初めて見ているように思った。その時まで確かに、良くも悪くも、私が彼に期待するものを通してしか彼を見ていなかった。私の胸をえぐるその姿を追い払おうと頭を振ったが、厄介払いできなかった。同時に、最後の言葉は質問であるとわかったため、それに答えることの緊急性を感じていた。答えはすでに完全に用意されていたからなおさらである。でもできなかった。言うべきはずの言葉は出てこなかった。

「そうじゃないか」彼はほほ笑んで続けた。「俺の居場所はないだろう？　おまえは身振りで答えて、ない、と言う。いつも、ない、と。少なくともおまえは、嘘も真実も言えない人間ではない」

私の眼から、サン＝ピエールの惨事後、初めての涙が流れると、彼はまた解釈を誤った。私がただ哀れんでいると思い込み、顔をしかめ、この哀れみを受け入れた。でも実際のところそれは、この時私が感じていた耐えがたい緊張の産物であった。私を世帯に受け入れてほしい――彼にとって遅すぎなければ――と頼むことの絶対的な必要性と、この言葉を発することの根本的な不可能性との間で、私は引き裂かれていた。

私が解くことのできなかったこの誤解に基づいて、彼は何か言った。それから彼は、フランス政界との関係に言及し、私たちはこの夜、街へ出た。私は彼に、気持ちを伝えられないままであった。その気持ちとは、私がすでに彼と世帯をなしているということ。この夜、私は初めて、彼の身体に触れて興奮した。そしてこのジャングルの男の傍らで眠りに落ちた。言うべき言葉は発せられた——ただ別の方法によって——という印象とともに。

＊

この夜、私たちが二人とも黒人である夢を見た。私は混血の肌をしていたが、「ラ・コミューン」の肌はコンゴの見事な黒であった。私たちは、教会にも市役所にも似た巨大なホールの真ん中を歩いていた。ある夜私のために通訳をしてくれたフィルの顔をした祭式執行者の前で、私たちは賛美歌を歌っていた。市長は疑うように私に振り向き、私の指先を調べ始めた。

「おや、お嬢さん。あなたの血管には白い血が流れているようですね」

「私の血は赤いはず」そう言って腕を突き刺すと、赤い血が流れた。

一瞬の困惑のあと、市長は熟考して、言った。

「すみません。すべての血管には赤い血が流れています。でも重要なのは心に流れる血です」彼は勝ち誇って言明した。

その時「ラ・コミューン」が割って入った。

「たとえ彼女の血が白いとしても、あなたに何の関係があるのでしょう。あなた方の書物には、白人か黒人かなど書かれていません。だから私たちを結婚させて、そっとしておいてください」

「ああ」市長は言った。「そんな単純なことじゃない。書物に何も書かれていなくても、これは職業的良心の問題です。私は、ムッシュー、あなたのような黒人は黒人と、白人は白人と、混血は混血としか結婚させません」彼は言い終えた。跪いて彼に懇願する私を意に介さずに。

すると「ラ・コミューン」は私と同じくらい明るい肌に変わったが、市長はやはり不満そうであった。

「ある時は黒人、ある時は白人とは、どうしたことでしょう。胡散臭いことだ」

すると、中国の高級官吏に変身した「ラ・コミューン」は、人が望めば肌を黄色にもできると言った。

「ああ、もう全然だめだ」祭式執行者はわめいた。

そこで私は袋に入った金を取り出し、市長に差し出しながら言った。

「どうぞ、私の持参金です」

私は笑い声を上げたが、それはハーレムで女性が歌った歌、アラバマのブルースであった。市長は金の重さを確かめながら、少なくともこれには色はないと言いきった。その時「ラ・コミューン」を振り返ると、私は仰天して、彼が、中世の道化の衣装のように、半分は白、半分は黒と、縦方向に分割されているのを見た。私たちの正真正銘の黒人たちのように、頭をのけ反らせて眼を空に向け、少し粗野に笑っていた。市長も笑っていて、その笑いは、機関車の煙突から圧縮された蒸気が少しずつ出るように、唇から漏れていた。私は自分が絶え間なく、どうぞ、私の持参金です、私の持参金です、と繰り返していることに気づいた。その間に、私の内奥の心配そうな声が、こういった歓喜や結婚そのものも、悪ふざけではないのか、あるいは反対に、この件をできる限り真剣に捉えて、大いに涙を流すべきなのか、と自問していた。涙は、私の頭から足先までどの部分の肌の下にも、熱烈に、また嬉々として押し寄せていた。

＊

朝、テーブルの上に金が置かれ、たくさんの金銭と宝石、山のような贈り物があった。男は消えていた。この朝は、暑く乾燥した日の嵐に先立つ凪に浸っていた。小指でも動かせば、天と地の運行が始まるような気がした。同様に、「ラ・コミューン」の情報を得ようと町中を巡る間も、私の中で何も動いていなかった。そして昼寝の時間に、偽造の名手と言われるある男と出会うと、彼は、私の無政府主義者にパスポートを納品したと言った。「あれはまずい。あれはまずい。あいつは」うんざりしたように言った。「徒刑場から出たと思ったら、そこに戻されるようなことばかりしている。蝶よろしく祖国の光に向かって飛び込んでいく、やつのお仲間がするように、是が非でもフランスに行こうとしても、取っ捕まるのは当然」

そして彼は唾を吐きながら締めくくった。

「やつに惚れてるんじゃないか？」

*

ホテルへの帰り道、夕暮れのボゴタのバラ色がかった空気の中で、私は乾いた怒りに満たされた。それから数日間、卑怯にも私を見捨てた――私はそう思っていた――あの男を責め続けた。何年も経ってやっと理解したのだが、まさにあの瞬間、私が思い描いた「ラ・コミューン」のイメージは、失った愛の痛みに耐えるのに最も都合よく作られたものであった。その愛は、失われた瞬間に姿を現したものだからこそ、なおさら鮮明に感じられた。

それから程なくして、金があろうがなかろうが、黒人女性がここで長くひとりでいることはできないことを理解した。「大物」の保護を得られなければ、服を剥ぎ取ろうとする男たちの視線のもと、私は裸で、略奪されるように感じていた。私の郷里ではそんな言い方をした。確かに、男たちは白人女性をも同じ貪欲さで見ていた。砂糖菓子の陳列窓に鼻を押しつける子どもに少し似ていた。一方、私に対しては、蓋のない鉢に入った揚げ菓子を前にしたようであった。人々は好きなだけ触って、その新鮮さを確かめられるというように。自分自身の喪に服して、私は黒い服を纏い、肩までのレースのスカーフを被った。それは私という人間を守ってくれる壊れやすい覆いであった。銀行に有り金を預けてから、原住民の老婆と一緒に家を借りた。そして最終段階として短剣を買い、必ずそれを胴着に忍ばせることにした。ベハンガン王〔西アフリカ、ダホメ（現ベナン）の最後の王。フランスの侵攻に抵抗したが、一八九四年、王位を追われマルティニックに移送された。一九〇六年にアルジェで没〕を護衛する女性騎士《アマゾン》たちの矢が、彼女たちの肩を離れなかったように。

*

ネリダは痩せこけたカボクレス〔黒人とインディオの混血〕で、黒人とアメリカ原住民を合わせたような、調和がなく近寄りがたい顔つきをしていた。彼女はほほ笑むこともなく、少しの気安さも見せなかった。アメリカ大陸のインディオ系農民が領主に対して示すような途方もない謙遜をもって、私に接した。そのためネリダはこう思っていたのだろう。もし私があの男を手に入れて、金を引き出すことができたとすれば、それは私もまた、すでに胎児の状態で「マナ」を多少は持っていたからなのだ、と。この超自然的な力によって輩出される富豪たちの財産、権力、美しさは、すべて「正当に与えられた」ものとされる。時が流れたが、私は近所の男たちの申し出を断っていた。ネリダは無言で私を盗み見て、それからうつむいていた。ところがある日、彼女は控えめに弁解して、長いこと考えたのだと言った。私が「もめ事」を避けたいのは当然であった。それならばどうして庇護してくれる大物を探さないのか。どうして、高くはつかない品位ある恋人の寵遇を買って、確かな関係を結ぼうとしないのか。とりわけこの辺では旱魃が三年も続いていて、飢えた貧者たちのデモが起きようとしているのに。ちょうどひとり、身ぎれいで、品位があり、慎み深く、評判のいい男を知っていると彼女はつけ加えた。

「その家族を知っているの?」

「この界隈では、私たちはみんな家族みたいなものです」

ただ彼にはごくわずかの原住民の血が流れていた。彼女は私に太鼓判を押した。ごくわずかだと。彼女は、それで私の気を損ねることがどうかありませんように、と願っていた。凍えるような戦慄が私を駆け巡り、私は毅然として、彼を連れてくるように言った。彼にどれだけの値打ちがあるか、見てみようと。

若者はすぐさま、期待通りの礼儀と尊敬のあらゆる印を惜しみなく私に示した。彼のおばを通して、私がいかなる気安さも容認しないことを知っていたのだ。彼は私を「マダム」と呼び、私は彼に食事を与えた。交流はそこまでであった。その時私は日用品を扱う店を出そうと思い立ち、別の原住民の下っ端を見つけて最初の男と交替させた。例の若者はある日、不意に私の耳に入った会話で、私に喜びを与えることの義務感を語り、評価を下げてしまった。しかし本物の庇護は、影響力のある初老の小貴族の、捉えどころのない賛辞とともにもたらされた。この男には特別な能力はなかった。それでも国家、警察、そして国民教育の分野でさえ、まるで専門知識がなくても、さまざまな職務に就いてきた。私は店の奥で、こう言えるとすれば、慎重に彼と交わった。彼は、生の逆りを欠くたびにそこに来て、男であると感じ続けようとした。私は彼にそれを、しかるべき時に、どうすれば与えられるかを知っていた。ごく近所で打ち鳴らされる教会の鐘の音とともに、夕方六時に、その日の彼に見合った麻薬を差し出した。要するに、まとめると、彼が私に期待する喜劇のすべてを演じていたのだ。私にはわかっていた。もし私が路頭に迷う黒人女性であったら、間違いなく私は彼に対して何の力も持ちえなかっただろう。誇り高い彼は下層民を蔑んでいた。そして蔑むべき下層民もまた人を蔑んだ。しかし私は、彼の世界の白人女性たちの物腰をもってして、貴婦人であるかのような幻想を与えることができた。劇全体が、この世で最高の礼儀作法に見られる品位、洗練、丁寧さとともに演じられた。それ以来、男たちは私への攻撃をきっぱりとやめ、近所では私という人物に対して、神が認めた王妃に対するような、完全なる敬意が捧げられた。「ああ、あなた様」ネリダは言った。「あなた様のお腕は長く、政府のベッドに届くほど」彼女はうっとりしてくすくす笑っていた。店では彼女の働きはすばらしく、直感的に誰に掛売りし、誰に断るべきかわかっていた。自分を競売にかけた時以上に、私は悪の絶頂にいるように感じていた。高みにいることで恍惚となり、金の万能さに酔いしれていた。私は何をしてもいいのだという確信――ああ、どれほど熱狂させることか――の上を飛んでいた。私はそれに値していた。いや、それは幸運ではなかった。私はそれをでっち上げたのだし、つけを払わなくてはならなかった。人が私に抱く憎しみを不意に感じた時、孤独感に捉われた時、不安に襲われた時、私は金のことを考え、自由に陶然となった。私はもう奴隷ではなかった。ああ違う。確かにもう奴隷では。

ある夜、ひとりの哀れな女が、店に入るなり訳もなくひとりでへりくだりはじめた。両眼を伏せ、恥じた様子で、とめどなく喋り続けた。自分に掛売りをしてもらえないのはわかっている。夫が病気で、長いことズボンの裾に死を忍ばせているようでは、と。女が自分を悪く言うほどに、ネリダは彼女を罵っていたが、その間も、告解に来た罪人が許されない罪について自分を咎めるように、弁解や悔恨の口調で言われる哀願が続いていた。ネリダに代わって、今度は私が彼女を自分流に罵倒し始めた。彼女が、口蹄疫に罹った片眼の馬を選んだなら、その世話をするほかない。だって結局、死が食欲をなくすはずないものね？　と私は言った。そこで女は初めて顔を上げ、軽く、反抗するような動きを見せた。私は狂喜した。そしてあらゆる種類の食料をめちゃくちゃに掴んで彼女に差し出した。ほら、ほら、あんたのだよ。とにかく、あんたは私に糞食らえと言った。控えめであっても、やっぱり糞よ。もしあんたがもっとはっきり言っていたら、倍にして返したところよ。理解できない激高に駆られて、私はこの不幸な女に叫んだ。彼女やその一族全部に起きていることも、これから起きることも、当然の報いなのだ、と。彼女は私を殴り倒し、ばらばらにして、踏みつけるべきだったのだ！

呆気にとられ、身震いした女は、何も言わなかった。

扉を閉めた時、私の頬が、耐えがたい苦渋の涙に濡れていることに気づいた。

8

振り返ると、ネリダが私に疑惑の眼差しを向けていた。その瞬間に私が理解したのは、すぐさま彼女の心から、事件と私の涙とを消し去らなければ、彼女は私の威光の死骸の中に潜り込んでしまうということ。まるでモトアナゴが溺死体の腹の中に巣を作り、鮫のようなもっと強い動物に追い払われるまでそこにいるように。飢えを運命づけられた波乱万丈の人生の最後に、もし哀れみのような言葉が彼女の卑しめられた脳に住みついたら、彼女は私を生きたまま貪り食うだろう。彼女を平手で打つと、私たちの関係を神聖化する卑屈さと感嘆に満ちた微光が彼女の眼に戻るのを見て、私は安堵した。

私は二階の寝室で涙を流し、汗を流していた。羞恥心から涙を流し、羞恥心を感じることへの怒りから涙を流していた。経験から下りていくべきだと知っていたが、私にはできなかった。それから数日、病気を装い、庇護者が来訪した際には、店をネリダに任せることを勧められた。私は在庫品を調べるだけでいいだろうし、彼はこのカボクレスの女を威圧することができると自負していた。自分の影響力を確信して、彼は思いきり笑い、すべて彼の言った通りになった。すると私は、軽薄で心地よく、安穏な生活に甘んじ、外見に大いに気を配るようになった。毎日衣装を変え、ドレスと帽子、バッグと靴をうまく合わせるのに午前中ずっと費やした。私はとても遅い時刻に起き出して、大通りを気取って歩いたあと、帰宅して昼食をとった。それから昼寝をして、午後には菓子屋に行った。そこには黒人も白人も原住民も、香辛料とココナッツミルク入りの泡立った旨いココアを味わいに来ていた。好意的な雰囲気の中で、私は人々の視線を浴びていた。衣装の色合いや形体に応じて、私は時にアンティルの宝石を、時にギアナの線細工の金を身につけていた。紳士たちは去り際に、私の前で帽子を持ち上げた。望みさえすれば、人生のこの時期には、誰かもっと立派な男を庇護者として選ぶこともできただろう。でも私が自分の庇護者と結んでいた捉えどころのない関係は、あらゆる点で都合がよかった。店ではネリダが貧乏人相手の割に合わない仕事を引き受けている一方で、私はすっかり安心して、皆に対して親切で優しく、お人好しでさえあるような余裕を持つことができた。地上のあらゆる金持ちがするように。ただし金持ちをよく探ってみると、慈悲や最も高貴な考えの裏に、いつも老獪な人物が控えていて、彼らの金のために人を罵るが、誰も、彼ら自身も、罵る声や、殴りかかる拳骨、支払い猶予を決定する脳、飢餓に陥れて死なせる残忍さなど、こうしたすべてが自分のものだとはわかっていない。実際に私は、完全に善良なブルジョワの生活を送っていた。

主義として、小貴族の男は贈り物をすることは決してなかったが、私に与えている庇護については
この上なく意識的で、それは最も価値のある贈り物なのだと気取って言うのを好んだ。ある夕暮れ、
彼は下半身が裸のまま椅子に腰掛けていた。彼のために買った緋色のビロードが張られたマホガニー
製の立派な肘掛け椅子である。その時男は、軽く、滑らかな口調で言った。
「あなたの店がとてもまずい所に建っているのをご存知ですか？　私が忠告するとしたら、明日、入
り口に板を打ちつけて閉じこもること。ここは、貧しい町と裕福な町の間で、とにかく場所が悪い。
衝突が起きる場所です」

＊

ここ数日、私は前兆を目撃していたけれど、まだ名づけることはできなかった。公共施設や銀行の
前では民兵の数が増え、アメリカ人旅行者はまばらになり、軍隊は、飢えた人々のデモ行進が引き起
こす騒動のため、内陸部へと出発していた。人々は盛んに農民による盗賊の大集団の話をし、港では
発砲によって三人の港湾労働者が死んだと言われていた。陽が落ちると、人気のなくなった街路を警
察官が大股で行き来していた。そのうち二人がある男を両側から挟んで、行き先はわからないが、連
行していった。ネリダが、それは空腹の強盗のひとりだと言った。二人は馬に跨ると、首に結んだロ

ープで男を引っ張り、転倒させた。

その間、私の庇護者は警告した。飢えたデモ隊は店からたった数キロのところまで来ていた。明日の朝、人々は彼らに道を譲り、町の周辺まで進ませ、そこでは揺るぎない足取りで彼らを待ち受けるだろう。すると第三連隊の将校たちがこの機会を捉えて政権を掌握し、同時に飢餓の問題も解決するだろう。この困難な時期に、アメリカ人たちは軍が政権の舵を取ることを強く後押ししていた。「でも」私は心の中で思った。「人々はすでにその場で政府を実現してはいないだろうか？」緋色のビロード張りの肘掛け椅子に座って、夕暮れの訪問者はこれから起こることとの展望について、とめどなく話していた。「なぜなら」彼は歓喜して続けた。「このデモ隊、この追い剥ぎたちが町に到着したら、労働者の地下組織は間違いなく彼らに合流するだろう。その時は大急ぎで、新たに樹立された政府は国家の団結を宣言し、同時に、騒乱の扇動者たちを抑え込み、衝突を初期のうちに終わらせるべく、鎮圧に向けて動くだろう。もうじき、もうじき、流れ弾が飛び、武器が火を吹き、デモ隊が散弾を浴びるだろう」バリャドリッドのドン・フランシスコ・モンテガによる詳報であった。その間、ネリダは彼に酒を注いだが、二人とも、灰色がかった体毛が覆う肥大した太腿の間で、小人のように見える性器には無関心であった。彼は立ち上がり、夜に向けて窓を開け放ち、言った。「わかりますね、マダム。町では何の物音もしない。誰もが知っているけれど、何をなのか、誰もわからない。頭のいい連中だけが、いつも正義が勝つことを、戦いの前に正義はすでに勝利していることを知っている」そう言うと、服を着て、行ってしまった。

＊

翌日、通りには人気がなかった。警察官だけが、場末の方から来て市街地の方へと、駆け足で通っていた。

最初に姿を現した一行は、家族のように見えた。彼らの中に十五歳くらいの少年がいた。顔は青ざめ、疲れきり、埃まみれであった。歩くうちに転倒して、それから起き上がった。前日に見た囚人と同じく、警察官の馬に繋がれた見えないロープで引っ張られでもしたように。誰も見ていない夢遊病者のようであった。後方から他の集団が一行に合流して、徐々に膨れ上がり、不幸な人々の静かな群衆を形成していた。

貧者たちが彼らに近寄り、食料を与えた。金持ちたちの家の窓からは丸パンが飛んできた。時折、建物の下で扉が開くと、女中が慌てて道端に食べ物を積み上げ、大急ぎで戻っていった。動物小屋の野獣のように、人々は競って、彼らのための思いがけないマナの周囲に突進した。物乞いたちの群衆に恍惚となった労働者たちが裏通りから到着し、その一部はこの流れに運び去られつつ、人波の上に大きな幕のようなプラカードを振りかざしていた。私の部屋の窓からは、秘密裏に進められていることが見えた。今にも彼らに向けて発砲されるところであった。私のすぐそばで、ネリダは、所有権を尊重することの意味もわからないこの怠け者の群れを呪い、わめき続けていた。悪魔だって見向きもしない地獄に堕ちたやつら！　でも私は聞いていなかった。何も考えずに店に下り、籠をいっぱいにし、歩道に出ると、太陽で眼が眩み、発汗した身体の臭いに呆気にとられた。彼らは随所で氾濫しながら上げ潮のように前進しつつ、私を巻き添えにして、溺れさせた。徐々に私の店が小さくなり、やがて見えなくなった。私がどんな絆によってこの群衆に結びつけられているかわからなかった。彼らに話して、説明しようとしたけれど、その多くはスペイン語も理解していなかった。私は息が切れるほど、クレオール語で繰り返した。「引き返せ《デヴィレ》、引き返せ《デヴィレ》、友よ《レザミ》。だって君たちは《パッスゾットカイ》撃たれてしまうから《プランプロン》。引き返せ《デヴィレ》。反対側に戻れ《トウネコアゾットロットボ》」でも誰もほとんど私を見ることもなく、私から遠く、とても遠くにいるようだったので、この窪んだ眼の奥には本当に意識があるのだろうかと疑問に思った。

そのあとのことは覚えていない。労働者の集団がプラカードを手に路地から出てきて、スローガンを叫びながら群衆の中に消えた。学生たち、教師たち、そしてブルジョワまでも合流しているようだった。それから、もう前には進んでおらず、後方から前進してくる大群に押されて、互いに詰め合っているのがわかった。その時、銃声が聞こえ、火薬の臭いが空中に広がり、同時に、喉をかき切られる動物の叫びが響いた。デモ隊は後方から押し続け、私はある建物の壁に投げ出された。その壁に沿って、警察官八人の小隊が立ち並び、群衆に包囲されていた。警官隊は銃で狙いをつけていたが、引き金を引くことはなかった。そして、後方からの圧力で人々が警官隊の方に投げ出されると、そのうちひとりが恐怖心から引き金を引いた。すると彼らは銃床によって残酷に暴行され、警察官は番犬に姿を変えさせられた。彼らも、放浪者たちも等しく、自分たちが同じひとつの手によって操られていることなど予想だにしなかった。その手こそが、この忘れがたい一日の展開を前もって決定していたのだ。さらに多数の発砲があり、通りからは人が消え、私も走り出した。突然、何かが私の襟首に落ちてきて、気を失った。

9

私は地下室で目覚めた。周囲には、男も女も、たくさんの人がいた。先生と呼ばれる年老いた紳士が私の頬を打ち、鼻の下に長い小瓶を当てがうと、私はくしゃみをした。私の頭部に、高級住宅街の人々が群衆に向けて投げた薪のひとつが当たったのだった。彼らは、壊走する群衆に軍が集中砲火を浴びせ始めるや否や、重くて価値のないものを手当たり次第に投げていた。地下室には百人ほどがいたが、飢餓ゆえのデモ参加者はひとりもいなかった。皆、町の住人であった。飢えたデモ参加者は、現場で銃殺された者以外は直ちに釈放された。それに対し、軍への反対派を形成した町の住人たちは、労働者でもブルジョワでも、死ぬ前に必ず拷問にかけられた。負傷者は救助されず、腐敗して、死ぬままにされることもあった。ある者は自ら命を断ち、ある者は精神錯乱に陥った。その間も、数人の警察官はふざけて換気窓から催涙弾を投げ込み、拷問を受ける人たちの騒ぎや、死刑執行の乾いた物音が聞こえていた。学生たちは語り合い、自分たちが去勢されて明け方に街路に放り出されることを知っていた。そして彼らは語り合っていた。その時、私が生き延びることは副次的な問題になっていた。限りなく自分を超越した何ものかの渦中にいると感じていた。それは訳もなく抜群に美しく、私の周囲にいる男たちの数人によって体現されていた。こうしたことを目撃し、この数日を経験できるほど長生きできたことに満足していた。私は、自由を感じると同時に、不幸な人や苦しむ人のための高貴な苦悩に苛まれていた。片隅に、尋問や処刑のリストに載っている男たちがいて、「生命」を与えるために女性たちと交わっていた。また、婚約した若い二人がいて、口づけしたり、触れ合わずに見つめ合ったりしていた。二人のうち男が処刑されて、残された女が皆に身体を供すると、彼女は処女であった。尋常でない高揚がこの場所を支配していた。ある者たちは長々と弁じ立て、他の者たちは歌っていた。私は裏を知っていたので、この状況の完全な理不尽を感じずにはいられなかった。この状況はまた感嘆すべきもので、実際のところ、理不尽という以上に感嘆すべきものであった。私はそこで、突然に、「ラ・コミューン」をすっかり理解した。もし十万年生きなくてはならないとしても、考え、実現できる人生すべてに相当する、人間の祝祭の二カ月間を、彼は決して忘れることはできないだろう。私は、今頃フランスにいるはずの彼のそばにいて、彼に満たされていると感じた。そして彼が死ぬ前に、改めてこれを経験できるよう祈った。ところが、夜、他の者たちと同様に、私は大変な恐怖を感じた。そして彼らと同様に、夜明けに迎えが来て連行される時に、まともそうな若者が叫び出したことを遺憾に思った。そして私は、連行されるまでの間、望む者がいれば身体を供していた。白人でも、黒人でも、原住民でも。

迎えが来た時、私は臓腑に恐れを感じ、また同時に、自分が冷静でいることを知って、心にかつてない喜びを覚えた。私はほほ笑みながら立ち、残る者たちに穏やかに別れの挨拶をした。彼らの胸に、一輪の花のような、取り去ることのできない私の思い出が生き続けることを、その眼に読み取って得意であった。このような精神状態で、私は尋問へと続く階段を上った。

冗談抜きで、階段を上っている私が抱いた唯一の懸念は、警察官の前でどのような立場をとるか、彼らの前でどうすれば滑稽にならないか、ということであった。なぜなら、ある意味では、私がこの牢獄にいることを正当化するのはまったく不可能であったからである。「革命」については、ほぼ何も知らなかった。では、滑稽にならずにどのように立場を表明すればいいのだろう。だから私は、黙秘するか、相手かまわず唾を吐こうと決めた。唾を吐くのは申し分ない。

＊

警部は軽く皮肉を帯びた丁重さで私を迎えた。囚人たちから聞いた話とは違って、部屋の中に犬はいなかった。誓って、犬は一匹もいなかった。皆がその件で騙したというなら、他の件でも騙しているのではないだろうか。警部は手違いがあったと言った。立派な人物が私と私の思想について保証したこと、私が尊敬された商店主であることに加えて、私はフランス人である。そうですよね？　と彼は言った。これはすべて嘆かわしい手違いであった。横柄に返答したあと、私は釈放された。初老の小貴族と再会し、礼を言った。でももう金には興味がなかったため、店を売り払い、こうして私のアメリカ生活の幕は下ろされた。それ以来、アメリカには戻っていない。

＊

まず、犬である。しかし犬とは何だろう。これほどの歳月を経ても、まだ語ることができないことに驚かされる。このことによって、存在とは、それが隠すもののことであると証明されはしないだろうか。いや、それは正しくない。私は、私が隠すものではない。このことを、誰にも話していないとしても。私はおおよそ、今まで私について語ってきた通りの人間だ。あなた方はおおよそ、そう信じてよい。それに、尋問で起きたことについて、私には責任がなかった。ああ、私はそれが、人知の及ばない、言語に絶することであったと主張するつもりはない。というのも、人間同士の間で起きることとは何も、非人間的ではない。そうよね？　いや、私は、人類についての貧弱な考えを表すにすぎないこうした議論の背後に立てこもりはしない。ただ、白状しなくてはならないが、こうしたことを話すのは難しい。人によく思われたいから、というわけではない。結局のところ私が無防備な時に起きたことなのだから。巨漢に押し潰される人は、そのことによって、無力だ、臆病だ、ということになるだろうか。いや、この人はただトラックに粉砕されただけだ。でも、ほら、たとえ責任がなかったとしても、人が恥ずかしく思う事故というものがある。実を言うと、これほど信心深い私でも、父なる神や、子なるイエスにこの出来事を語るのは手に余ることなのだ。だから、もし私がこの出来事を普通に一人称で語ることができなくても、最後まで語ることができたら、お許し願いたい。それを語りながら、時折、まるで他人のことであるかのように、三人称に逃げ出すとしても。それに、自分の過去を語りながら、これほど頻繁に、他人のことを語っていると感じることに驚いてしまう。そこにおいて、いわば私が訳もなく関与したこの出来事において、私は絶対的な主体性の意識を持っているというのに。

さて、最初に言うべきことは、一匹の犬がいたこと。その犬の描写。地下室の人々はこの犬について、白人も含む皆のための犬として話していたが、彼女はそれが黒人のための犬であると考えずにはいられなかった。しかし彼女は警部の歓迎については嘘を吐いていない。確かに申し分なく迎えられ、ただ、釈放するために必要な説明を求められていた。ひとりの警察官が彼女は暴徒たちとともにいたと言ったが、彼女の庇護者の介入によって多少の捜査をしたところ、運よく、鎧戸の陰から一部始終を見ていた隣人が証言した。黒人女性——これも彼女にとっては幸運であった——は、決して警察官には近寄らず、むしろ群衆に巻き込まれたようだった、と。原住民の老婆の話とも辻褄が合った。つまり慈愛の心ゆえの犠牲者なのだ。悪党たちにとっては危険な慈愛だ。そうだ、彼女を釈放するけれど、そのために彼女に求められるのは、正義に手を貸すことによって潔白を証明すること。ああ、彼女を必要としてはいない。すべてお見通しなのだから。ただ、それは彼女の事例を解明するためであった。彼女は、知っていること、地下室で見聞きしたことを言うよう求められた。それに、もし本当に協力する気があるなら、警察の回し者として二十四時間を地下室で過ごすことによって、それを証明することができる。ただ二十四時間だけ。彼女は求められてはいなかったが、立派な男の前で彼に報いる必要があった。それは高潔な振る舞い、本物の犠牲となり、立派な男自身がそうした行為の正当な価値を認めるだろう。

ここまでは、起きたことを語るのは難しくない。むしろ彼女は誇りにさえ思っていた。なぜなら、地下室の男たちの考えに支えられて、すべての答えとして、彼女は男にスペイン語で糞と言ったから。

警部は高笑いした。彼の部下たちは身動きせず、無関心であった。彼女はまた糞と言ったけれど、心の底では釈放されることを願っていて、彼に対して、共犯者のようなほほ笑みを見せるのを抑えられなかった。これはすべて本気ではなく、彼には笑うだけの正当な理由があると思わせるためであるかのように。だから彼は波風立てずに彼女を釈放すべきであった。彼女が帰宅して立派な男を撫でることができるように。

やはり面白がった様子で警部は言った。

「おわかりですね、マダム。あなたが善意を示さなければ、あなたのために誰も何もできないのです。この悪ふざけを水に流してもいいですが、あなたの協力が条件です」

しかし彼女が、再び糞という勇気のないまま口をつぐみ、軽蔑でこわばっていると、彼は激高して、あまりに長く自制してきた偏執者の熱心さで、人種差別と憎悪に満ちた下品な言葉を嵐のように浴びせてきた。続いて人々が彼女にしたことはまったく重要ではない。彼女がそれを語るとすれば、この種の物語が古典的であり、数世紀前から世界のあらゆる国で繰り返されているからである。彼女がこれらの数行を書いている瞬間にも、読者がそれを読んでいる瞬間にも、世界のさまざまな場所で、男たちや女たちがもっとひどい扱いを受けている。彼女がはっきりと覚えていて、わざわざ書き記すに値する唯一のことは、あえて警察について考えを持とうという黒人女性に対する怒りと憎悪であった。それから黒人たちの無謀な自惚れをめぐる繰り言、さらに、黒人女性の品位を落とし、まさに暴行される瞬間の黒人女性という水準まで貶めるための別の繰り言が続いた。でも彼女は、おそらく地下室の英雄たちの考えに支えられて、すっかり超然としていた。ここで、出来事を語るのが難しくなってくる。もちろん、彼女はこう言うにとどめることもできるだろう。それから、彼らは犬に私を凌辱させた、と。でもこれでは、別の仕方で嘘を吐くことになってしまう。真実はこの数語の外側にとどまってしまうのだから。どうやってこの奇妙な考えがこの下士官に浮かんだのだろう。ただ、黒人女性が相手だから？　きっとそうではないだろう。なぜなら、人間が犬に穏やかに快楽を与えて、声で仕向けるような場合については、人間と動物の間に古来の合意のようなものがあったから。しかし、彼女が四十年以上にわたっていかに熟考しようとも、地下室の人々から聞いた話の中に、こうしたことを何も思い出すことができずにいる。

これは全体が常軌を逸していて、理解するには私はあまりに疲れていた。だから、警部が犬を私に近づけるのが見え、四人の部下が私を床に堅く押さえつけている間に、投槍のような赤い性器よりも犬の牙のせいで、私は猿轡の下から叫び声を上げた。警部が動物の後躯を押しながら何をしようとしているかを見て取った時、私はある種の安堵を覚えた。動物の脚は私の腹の上、下腹部に乗せられていた。私がそこに見出したのは異様な悪癖であった。それは、私が人生において、とりわけギアナで女友だちの小部屋に住んだ時期に、数回にわたってすでに驚かされたことがある人間の狂気の、滑稽で、言わば笑うべき現れであった。そしてあれが私の体内にあると感じた時にもただ異様だと思っただけであった。まるで性器に鉛筆や固いものが置かれたように。すべてはその段階にとどまっただろう。もし、動物が半開きの口で呼吸しつつ体内で不規則に動くのを、彼女が名づけえぬ恐怖とともに認めることがなければ。すると女性は、窒息しそうなほどの叫び声を上げた。それはこの哀れな黒人女性にとって、あらゆる想像を絶することであった。まるで彼女自身が雌犬に、純粋に動物的なものになったように。その結果、彼女が人間的な苦痛や喜びとして感じ、考え、向き合ってきたことすべてが突然に無効とされたように。その間、哀れな女性は自分の脳がばらばらに爆発し、彼女の過去、顔、思い出、そして彼女を彼女自身の眼に人間として見せていたすべてとともに、空気中に消えてなくなるように感じていた。

失神状態を脱すると、彼女は、新たな世界を前にしているような気持ちになった。極度の疲労と同時に奇妙な穏やかさがあった。制服を着た者が彼女を見ていて、彼女は彼にほほ笑んだ。彼が腕を上げると、別の男がこの腕をとどめて言った。

「ほっときな。彼女はどうかしている」

「そう思うか?」

「へべれけになったみたいだ」

男は彼女のほうに身を屈め、彼女は、この人間の顔の壊れやすさに敏感な、秘めた感情をもって彼を眺めた。

「よろしい、マダム、あなたは理解したようですね」

彼女は答えた。彼が彼女とは違った解釈をしていることを知っていたけれど、その良心を苦しませるのは耐えがたかったというように。

「その通りです。私は理解しました」

それから二人の部下は、心の底ではややばつが悪かったが、笑った。そして警部がつぶやいた。

「でも、これからどうしよう？　彼女はもう何の役にも立たない」

「男に返すこともできやしない」

「どうして？　彼女は何も言いやしないさ」

女性に向かって。

「どうです、マダム。私たちのこと言いつけやしませんよね？」

彼女は率直に答えた。

「はい、言いつけません」

部下のひとりが言った。

「心配はいりませんよ。私はこういった事例を見たことがあります。バランキージャである囚人を料理した時、尋問が済んだらその男は私たちに口づけしたがったんだ。彼は、主のお姿をお見せいただいたと言っていた。そして福音を説き始めた」

もうひとりの部下が十字を切って言った。

「おかしな話だ。たぶん彼女を正気に戻すほうがよさそうだ」

警部は言った。

「立つことはできますか、マダム？　気分はいかがです？」

動物は紐で繋がれもせずに、平然と彼女の足元にいた。

彼女は言った。

「犬がいるせいで怖くて動けません」

彼女は助けられて立ち上がり、身体を洗い、食べ物をもらい、また礼を言い、そして礼を言いながら行ってしまった。心には多少の悲哀があったが、穏やかさで満たされていた。

10

この女性の胸の内がどうであったかを言うのは難しい。ただ、彼女に起きたこと、彼女がしたこと、言ったこと……を言うことができるのみである。そして最も客観的な語りさえも非現実的な性質を備えてしまうだろう。この女性の心がすべてから現実味を奪っていたから。

背景や状況とは無関係に、この物語には悲しげな何かがあることを認めるべきだろう。しかしこの悲しさを、彼女は感じていなかった。むしろ彼女にとって世界は自分に与えられているようであり、わずかの塵にも感謝の念を抱いていた。ひとかけらの生命も汲み尽くせないように思われ、一瞬は永遠で、あらゆる事物は無限であった。もはや何も輪郭を持たず、性質、匂い、色合いがあるのみであった。世界は、かつて被せられていた言葉の覆いを脱ぎ捨てたようで、ありのまま、裸で、感動的で、情け深く、すばらしいものに見えた。彼女は、昆虫の歌から木々の苦しみ、人々の悲痛な思いまで、すべてを理解しているように感じた。すべては、彼女の心に根を下ろす巨大なものをなしているのみであった。太陽に照らされた道は神々しい黄色をしていた。そして彼女が教会の前を通ると、穏やかな気持ちになり、たぶん神と和解するべきなのだろうと思った。神のほうに彼女と和解する気があればである。彼女は忍耐強くなろうと思った。必要ならずっと地獄で、心をいつも感謝で満たしていよう。そして最後に、主は彼女に和らいだ眼差しを投げてくださり、イエス・キリストの最も卑しい侍女として迎えてくださるだろう。彼はあれほど苦しんだのだ。ああ、哀れなイエスは。ポンス・ピラトに苦しめられた。十字架にかけられ、命を落とし、三日目に復活された。そして、ほんの一部は彼女のためでもあったイエスの苦痛に思いを寄せるうち、感謝が胸にこみ上げてきたため、建物の壁に寄りかかり、そこで、街頭で、哀れみと喜びのために泣き始めた。イエス様は私のような人間のためにも死んでくださった。嗚咽しながら彼女は思った。

店は開いていて、斜め前にいる彼女は、外からネリダを見ることができた。老女は帳場に腰を下ろし、無気力に従う若者に指図していた。幼い子ども、あるいは恋人同士がそう感じるように、彼女には、すべてが新しく、素朴であるように思われた。そして、見覚えのない新しいネリダを前に軽い不安を感じた。でも、彼女はすべてをすぐに、おそらくひと目で知るだろう。彼女は冗談を言いながら店に入った。年老いたネリダは叩かれでもしたように後ずさりしたが、それからすぐに気を取り直し、外面的なあらゆる服従の態度を見せながら近づいた。一方で若い混血の原住民は、彼女の後ろに少し下がってまるで影のように立ち、手本となる者の態度に倣って自分の構えを作っていた。年齢の違いを別にすれば、彼らは同一であり、警察沙汰について笑うべきではないと考えていた。そこに入るにしても、出るにしても、常にきわめて重大なことであった。それでも彼女は二階まで女性に付き従って、服を脱ぎ、身体を洗い、横になるのを手助けした。それから食べ物と、傷の手当のためにこういった状況で必要なもの全部を運んできた。性器の赤みについては何も言わず、そのために軟膏を持ってきて自ら塗布した。女性の冗談にもかかわらず、ネリダはかつての卑屈さのあらゆる外見を保っていたが、その下に、もはや真の尊敬はないのが見てとれた。というのも、この女性は刑務所に入ったのだから、たぶん本物の貴婦人ではないだろう、今では。悪知恵に長けたカボクレスは計算し、仔細に吟味していた。そして、状況がある方向に定まるのを待ちながら、明日には女主人がふざけるのをやめる可能性に備えて、忍耐強く、判断を差し控えていた。ネリダは険しい表情を崩さず、感謝の言葉にも動じなかった。ただ、女主人の気分を損ねて「覚醒させて」しまうことを恐れて、原住民が司祭の前でするように、従順に膝を折って身を屈めながら手を取って口づけし、指示を待つために寝床の脇に立った。そして女性は明確に、なす術はないことを見て取った。この老女は誰なのかわからないし、決して知りえないのだ。突然に彼女は尋ねた。

「ネリダ、あんたは飢えのためにデモ行進したことはあるのかい？」

老女は憎しみで編まれた疑い深い眼つきをしたが、慎重さからついに正直に言おうと決意したようであった。羞恥心ゆえに、明らかに告白するのは「気が進まない」ことであっても。

「はい、マダム」

それからしばらくして。

「私はマダムの気分を損ねて、それで解雇されるのでしょうか。私はもうマダムの年老いたネリダではないのでしょうか」

「そんなことないわ。私、あまりに疲れていて、一瞬、あんたのほうが主人で、私がネリダじゃないかと思ってしまったの。面白いかしら？」

老女はこの質問には答えずに、退出する仕草をした。しかしもうひとりが引き留めた。

「あんた、きれいだったの？」

「そうかもしれません。マダムのような尻で、胸はもっと小さく、くっついていて、でもよく締まって、甘い香りの青マンゴーのように心引かれるものでした。髪は背中の下の方まで伸びて、貨幣に刻まれたような顔、そして唇にはいっぱいに血が通っていたので、男たちに噛むのを禁じたほど。私はそれくらいきれいでした。マダム。私がマダムの務めを果たしていた時には」

それから、言い方がまずかったり、言いすぎたりしたことを恐れて、また、二人を隔てる階級の絶対的な相違を際立たせるために、言った。

「でも、どの男も私に店を残しはしませんでした。男たちは私に、最初は何人かの子どもを残しました。綿を詰めることを覚えるまでは」

「どうやって綿を詰めるの？」

「それはマダムの形によります。もしマダムの形が私の相棒が言うように狭ければ綿は留まることができる。でも私はあの男を信じていない。若い男は気まぐれに女性の形を変えてしまう。男の気に入るうちは狭いけれど気に入らない時は広がっている。私のは剃刀の刃のように狭くて綿は留まっていました」

「私のは指抜きのようよ」

「事件のせいで広がらなかったことを祈りましょう」

「私たちのような商売をしている女性はたくさんいるのかしら？」

「街の女性は皆、しています。よそでどうなっているか、私は知りません。でもここでは、私の考えでは全員です」

　ほほ笑みながら。

「全員？　大統領の奥さんが売春婦だということ？」

最大限に恐れをなして、ネリダは頭を振って否定した。いや、彼女はそう言いたかったのではなかった。ああ、そうではない。そしてわずかにほほ笑んで、やはり信頼と計略とが入り混じった態度で続けた。

「それは住む地区と飢えの問題です、マダム。向こうの、飢えたことのない女たちは爪の先だけを与えて、男は爪に口づけて、支払います。そして空腹の方へと降りていくほどに、女たちは腕、口、胸、そして残りのものを与え、男たちは支払います。でもチカ通りやノソコ通りに着いたら、みんな空腹だから、どんなにきれいな若い女でも、最高の曲線をした腰と尻を差し出したって支払ってはもらえません。私だって仕事がある時には爪の先を与えたものでした。でも空腹の時は、人が望むものを何でも見せました。ある時、ある「貴族の男」の夫人がお気に入りのごろつきを連れて私たちの通りにやってきました。男が彼女を手放した時、彼女の古い友人たちが訪ねて来て、高額を支払いました。なぜって、かつては爪の先も与えなかった女の身体を詳しく知ることが嬉しかったから。そして男たちが飽きた時、彼女の価値は下がってしまって、結局、病気持ちの男にしか相手にされなくなりました」

そして夢見るように。

「今では、この空腹のデモ行進もあることですし、あの女の商品価値はもっと下がって、もはやひと握りのトウモロコシほどの価値しかないかもしれません。おわかりですね」

＊

彼女はネリダともっと親密に話して、心を打ち明けたかったが、全面的に自由を表しているように思われるこの会話にもかかわらず、あとに起きるであろうことへの恐怖に近い、ある動揺を禁じえなかった。でも、彼女は自由であったのだろうか？　彼女は心の底で感づいていた。自分がこの老婆を知らず、彼女を育む感情も、原住民としての信念も、どういった祖先に連なると考えているのかも、わからないということを。老婆は自分を、蛇、魚、鳥や、そういった類いのものと感じていたのだろうか？　あるいはまったく違うもの？　先ほどもそうだったが、甥と二人だけで店にいて、親切心から導いている時のように。時折、彼女の眼差しに若さの閃光が瞬いても、はっきり捉えることはできなかった。それはただ、ほんの短時間だけ外気を吸った彼女の魂が健康を取り戻したことの効果であった。海面で呼吸したあと、本来の生息域に再び潜り込んでいく深海魚に似ていた。そして彼女の生息域はと言えば、不信、計略、飢えへの恐怖、飢えの対極にあるすべてへの瞠目すべき心底からの卑しさ。この卑しさをもって、最後にもう一度だけ腹を満たせる機会を慎重にうかがいながら、死の訪れを待つのだろう。冗談は一切抜きで、彼女は自分の葬式の食事にありつけないことを悔やんでいた。私の故郷のある老婆が、食べることを好むあまり、自分の通夜の料理を前もって食べられるよう子どもたちに頼んだのに似ている。埋葬やその他の葬儀の慣習と同様、通夜とは死者のためではなく、生者のためにあることを忘れてしまったのだ。立ち去る前に、老婆は彼女に「旦那様」を来させるべきかと尋ねた。女性がわからないと答えると、老婆は長い視線を投げかけた。若い女性はそこに自分自身の運命を読み取った。

＊

翌朝、「旦那様」が尊大かつ厳格な様子で寝室に現れた時、彼女は自分に有利なように状況を覆すことができるであろう態度をすぐに見抜いた。以前のようにしなを作り、最後に別れた時と同じ役を再び演じれば済むことであった。というのも、初老の小貴族は、ネリダが飢えへの恐怖の囚人であるように、豊かな生活の囚人であったのだから。彼が今後の人生に打撃を与える相当な力を持っていることを見て取った。それは、彼が自分自身にも世界にも盲目であったから。彼女は、優雅さを競うことができたら、と思った。男もそれに熱中していた。そして深紅のモスリンの衣装で着飾って、ふざけ半分の口調で、誤解について、ただの誤解について話したかった。そうすれば、午後の菓子屋で被る婦人帽の上質のベールで事件全体を覆い隠すことができただろう。そして以前の「かわいい女」として、彼女が身支度できるよう、ほんの一瞬だけ退室してもらえないかと、か細い、媚態を示す声でお願いしたかった。彼女は知っていたのだ。このちょっとした身振りはそれだけで、彼を興奮させ喜ばせる淫らな嬌態の響きのうちに、二人の関係性を転覆させたことだろう。しかし彼女は心ならずも、ネリダから聞いたかつての貴族の女の物語を思い浮かべていた。自分がそうであった貴婦人を想起させる能力を失った途端に捨てられた女。「旦那様」が現れた時、彼女に宿っていたのはこの恐怖であった。しかし彼女が感じた恐怖は、自分自身の虚しさの感覚ほど強烈ではなかった。喜劇は彼女を雌犬に変えていた。この間、もし彼女がもう一方の声を聞いていたら、雌犬に変わることのできる人間さえ、もはやいなかった。彼女は庇護者を失い、男を得た。彼女は身を滅ぼしたが、世界を得た。こうして、貴婦人ぶる代わりに、寝床から滑り落ち、寝巻き姿で、髪は乱れ、ほほ笑みながら、気のいい小さな黒人女性として初老の男の前に姿を現した。彼に対してそうあることを、この時、彼女は受け入れていた。彼女は諦めてしまったのだ。

*

魔法が解けて、今や彼は艶のない鏡の前を動き回っていた。その鏡は、世界についても彼自身についても、偽物を本物と信じこませるようないかなるイメージも映し出しはしなかった。彼女は以前の役を取り戻すことはできず、試みても無駄であった。一時期この空間に染みこんでいた陰鬱な魅力が消え失せたため、毎回、男はますます失望させられた。もの悲しい夕べに、教会の鐘の音が響く中、彼が彼女のもとを訪れて求めた特別な戦慄、女はそれを与えたかったが、できなかった。万策尽きて、思いきって口も使ってみた。なぜって、何もかも生の迸りじゃないですか？　不幸も美しさも？　しかし夕暮れの訪問者は、もはや女の何も歓迎しなかった。彼女は彼の眼に読み取った。彼はその目的のためにチカ通りやノソコ通りに行くこともでき、そこでひと握りのトウモロコシを撒けば、鶏小屋の雌鶏たちが彼の身体に飛びかかることを。彼は発汗し、冷ややかな激高に取りつかれていた。そして赤いビロードの肘掛け椅子から立ち上がると、無言で彼女を叩き始めた。まるで二人のかつての関係を入念に踏みつけることによって、彼が保とうとした彼女の萎れたイメージから最後の快楽を得ようとでもいうように。それから彼はズボンを履いて、何も言わずに行ってしまった。

＊

恐怖を感じない時は、彼女はたいそう幸福な時間を過ごすこともあった。時には恐怖のただ中で、幸福が恐怖を追い払うことさえあった。しかし彼女が辿ってきた道には出口はなかった。威厳ある修道院には完全な愛が見出され、そこでは、他者が他者に反して、一杯食わすために愛が利用されることはなかった。数人の上流ブルジョワ女性たちもまた、同じように生きることができた。なぜなら彼女たちには自分の金銭への責任がなく、そのため自分の魂とともに自由に楽しむことができたからだ。せいぜい理論上の――すなわちこの世界の厳しさに裏打ちされない――苦痛を感じることがあっても。彼女は、いわば自ら引き起こした動乱において身を守ろうとしたが虚しかった。誰もが、開かれた本を読むように、彼女の内心を読んでいるような印象を受けた。ネリダはもっと彼女を意のままにして、ずうずうしく、情け容赦なく食い物にするため、うまく立ち回って彼女の下っ端をお払い箱にした。甥はといえば日に日に横柄さを増し、粗暴で、恐ろしいほどになってしまった。初老の小貴族は、かなり稀であったが、多少は好奇心から、手の施しようのない病人の様子をうかがうように彼女を尋ねてきた。ところがある宵、これが最後の訪問であると告げた。彼は優しくなったり、粗野になったり、自分の優しさと闘ったり、自分の無愛想を許してもらおうとしたりした。女は彼の優しさを喜び、それを特別な贈り物として受け取った。もしかしたら本当に、彼はこの「優しさ」を他の誰にも見せたことがなかったのかもしれない。彼らは二人の人間が話し合うように話していた。なぜ彼女と快楽を得ることができなくなったのかわからないと男は打ち明けた。それに、どうして壁にキリストの十字架像があるのだろう？　確かに彼はまったく宗教に反対というわけではなく、そのために教会に行っているけれど、女性の寝床にいる時にイエスを見出したくはなかった。それでも、実を言うと、赤い肘掛け椅子にはいつも満足していた。それから、彼女をとても遠くから眺めているかのように密かに視線を注ぎながら、女性の性器に十字架像を見つけたいとはまったく思わなかったと言った。実を言うと、彼女と愛を交わしたことは一度もないけれど。でもそれを彼女に言って何になるだろう？　彼女は彼が惜しみなく与える優しさに浸っていた。そして彼は話し続けた。確かに女は尋問のあとに気がふれてしまったが、自分に責任はあったのだろうか、と言った。そんなことどうでもいい。男は寛大であったし、破綻と刑務所に至る前に、彼女のために手を尽くそうとしていた。直ちにこの店を閉めるべきだ！　彼は断定的な声で言った。友人がすべて面倒を見てくれるだろうし、最悪の事態を免れるために、必要なら彼が手を貸すこともできる。その後、彼女はどこかに消え失せればいい！　彼は手を洗い、彼女を見もせずに扉を手荒く閉めて行ってしまったが、彼女は幸せであった。なぜなら、彼の優しさも粗暴も、等しく人間的な意味合いを持っていたから。それでもやはり人間なのだ、と彼女は歓喜しながら思った。ひとりの人間。犬ではなく。

11

今、この女性には、続いて起きた出来事を正確に物語ることはできないだろう。それは、当時の彼女が、それらの出来事を非常に狼狽しながら経験したからである。まったく、精魂尽き果て、言えるだけのことは言い、もうこの先を詳述するために必要な努力をすることができない。もしこれから彼女が真実を手短に語り、そのせいで歪めてしまう危険を冒すとしても、彼女を許さなくてはならない。

彼女は二度と赤い肘掛け椅子の男に会わなかった。路上で会ったとしても、彼は彼女を認識することはなかった。ネリダの反応はといえば、彼女が店を売却した時、不満を言うことはできなかった。まず彼女は、庶民が住む界隈に小さな小屋を借りた。すると男たちがひとりずつ扉を叩き、彼女は彼らがキリストであるかのように誰でも受け入れた。五十年を経ても、この考えには笑ってしまう。わずかに残っていた金と宝石はなくなった。人々が彼女に支払う以上に、彼女が与えることもしばしばあったから。しかし幸運なことに、近所に善良な女性がいて、自分の家のひと部屋を彼女に提供してくれた。半分は真の愛情から、半分は利益のために。そうしてこの女性は、ともかく安定した顧客を持っていたマリオットの商売を掌握することになった。完全な貧困に転落するなり彼女は「狂女」と呼ばれ、ある者からは見放されたものの、多くの男たちが、かつての彼女の面影を撫で回したり、色欲とキリスト教的慈愛との刺激的な結合を貪ったり、狂女の色気に手で触れたり、これほど従順な娼婦の肉体と魂を、時に過剰な残酷さで犯したりすることに、ある魅力を感じていた。近所の女性はたくましく、そういったことを自分の家では許容しなかった。彼女は麺棒を手に押し入って、大胆な男に激しい口調で呼びかけた。ここがどこかわかりますか？　子どもたちがいるというのに。この家は居酒屋ではない。なんてこと！　ひとりの男としてこの若い女性を買いなさい。お金を払って、出て行きなさい。

彼女は家族全員と食卓を囲み、この取り決めにとても満足していた。というのも、近所の女性は家賃という名目で、直接、顧客たちから金を徴収していたのだ。もちろん子どもたちもいた。この家族は彼女に対して攻撃的であったが、それは精神面に留まり、最低限の節度があった。彼女が主要な稼ぎ手であるという考えに抑制され、刺のある言葉を投げるにしても加減していた。残っていた金を使って教会で蝋燭を捧げ、それが燃え尽きるのを喜んで見ていた。時に空気中に溶けて、周囲の空間全体を占めるように思われた彼女の魂のようであった。唯一の苦しみは孤独の感情であった。その感情は、人々が彼女を狂女と見なしていることに起因していた。人々の視線は彼女へと止まることなく通過していった。まるで物体を見ているように。珍しくて、異質で、取るに足らない物体だが、やはり物体である。あるいは、動物を見ているような人たちもいたが、彼らについても彼女は苦しんでいた。しかし彼女が忘れることができた時、孤独の感情が世界を暗く覆わない時には、存在や事物に向かう衝動が彼女のうちに芽生え、その酔い心地ゆえに、今でもまだその熱——おそらく彼女の生命の核そのものであり、彼女のうちにある詩的なもののすべて——を感じるほどである。そこであれほどの歳月が、石を囲んで水面に波紋が広がるように、重なり、過ぎていったにもかかわらず。

彼女がいつから人々に手紙を書くようになったのか、もうわからない。まず、思いきってハーレムの通訳者フィルに宛てて、彼女は無事で、働いていて、彼の近況を教えてもらいたいと書き送った。数カ月経っても返事がないので、ギアナでの友人イヴォンヌに、ほぼ同じ文面の手紙を出した。そしてついに、そちらにも希望がないとわかった時には、ためらいと、良心の咎め、そして悔恨が多分にあったものの、結局はマルティニックの男に手紙を送った。その手紙で彼女は許しを乞い、娘の近況を尋ねた〔『青バナナ入り豚肉の料理』においてマリオットは、自分の孫娘とモリッツ・レヴィの死から受けた衝撃に触れている。孫娘とはここで言及される娘の娘であると考えられる〕。ただ、許しと娘の近況だけ。なぜなら彼女は、ありがたいことに、無事であったから。店を持ち、快適な、ただそれだけだが、快適な生活をしていた。節約した金で人形を買い、その人形と手紙を包みに入れたが、それに対しても返事はなかった。時間が経つほどに子どもへの思いに苛まれた彼女は、自分が、現在と未来のすべての苦しみに対して責任を負うべきこの存在に、より心を向けるようになり、死にたいと望むほどであった。そのことについても、彼女は何も書くことができない。ただいつも、そのことを考えずに数週間を過ごすほど、娘への思いを心の底に深く沈めることによって、死への欲求を追い払うことができた。偶然、娘のことを考えた時、とりわけ子どもとすれ違った時には、彼女は再び娘の顔を覆い隠した。死を望むことは罪であるから。キリストは彼女のためにもたいそう苦しまれたのではないか？

そして夜があり、朝があった。こうしたことすべてに、時間の新たな層が積み重なった。ある日、マルティニックの男から手紙が届いた。彼は、調査によって、彼女のことを、恥ずべき振る舞いをすべて知っていると書いていた。しかし情け深い彼は、やはり彼女について少しは責任があると感じていた。それに幼い娘のこともある。彼が今でも溺愛しているこの娘は元気であった。しかし、彼女もきっと覚えているように、彼は島への滞在を終えたらアフリカに戻ることになっていた。だから彼は、娘と一緒に彼女を連れて行くためにバランキージャの港に立ち寄ることを提案していた。彼は彼女に、マルティニックに来ることを許すことはできなかった。彼の名声も、経歴も、すでにかなり危うくなっていた。それでも彼女が受け入れるなら、この港に彼女のための宿泊場所を手配し、代金を払っておこう。しかしながら、後日、彼女が幼い娘の悪い手本となったり、彼の経歴を傷つけるような行動をとったりする気になれば、即座に厄介払いして、何の悔いもないだろう。彼女は娼婦の生活を続ければいいのだ。

彼女が送った承諾の手紙は、次の言葉で締めくくられた。私はあんたの奴隷よ。そう、彼女はこの言葉を書き送った。彼の奴隷だと書いたのだ。彼女の言葉であった。ただそれだけ。

12

スクニャン〔カリブ海アンティル諸島で信じられている超自然的存在。夜の精霊で、パンヤの木に宿るとされる〕がひと回りしたあとに元の鞘に収まるように、私は最初の男に戻るのだ。擦り切れて、色褪せ、要するにあまり居心地よくはないけれど。まるで、汗で湿ったドレスを乾かす間もなく、また着るように。今、私の内的風土は熱帯だ。雨が降り、太陽が照り、匂いは強く、意気阻喪させる空気の中を植物が腐っていく感覚が漂う。

私は誰にも別れを告げなかった。男、女、子ども、誰であれ、人が私を引き留めようと考え、本物でも偽物でも、悲しみの印に抵抗できなくなるのを恐れたためだ。出発することによって、この世の悲惨のすべてを裏切ることになると私はわかっていた。女主人には「寝床」を見つけたこと、すなわち、ある人が一晩私を家に泊めたがっていることを伝えた。そして小さな旅行鞄に、私にとってだけ価値のある、最も貴重な品々を詰め込んだ。他の人にとって価値のあるものは売ってしまったのだ。

私は手提げ鞄に入れていたものをベッドの上にこれ見よがしに並べ、私が去ったあとに彼らがどう生きるかがわかったため、恥入りながら出ていった。私はボゴタのホテルに行き、夜明けに、バランキージャ行きの郵便馬車に乗った。今や飢饉が沿岸にも及んでいたため、二人の警備兵に先導されていた。私は、母親を地獄に置き去りにするオデュッセウスのような気分であった。郵便馬車では気後れしたけれど、私は静かに泣き、ある人が他の繋がりを捨てる時はいつもそうであるように、天上との繋がりが決定的に断たれてしまったのか自問していた。というのもこの時、すべては再び世俗的になっていたから。

共同寝室への階段を上りながら、一瞬、私は消えてしまうと感じた。しばらくあとに、手すりにしがみついた状態で気がついた。その間、天使のマリー修道女は両肩で力の限り私の腰を押して、前回のように階段を転げ落ちないようにしていた。私が呼吸を整えると、彼女は私の杖を拾いに行き、無事にベッドに辿り着いた。礼を言うと、彼女は私に奇妙なことを言った。お黙りなさい。彼女は言った。あなたは私を嫌っているのだから。彼女はある種の感情に捉われているのだと思い、注意深く見ていたが、彼女は私に一杯の水といつもの薬を差し出した。しかし彼女が発したばかりの言葉はまったく顔に現れていなかったので、私は口を閉ざし、出て行くのを待った。耐えがたいのはいつも発作の始まりだ。それから、辛抱していれば、自分の呼吸、いやむしろ呼吸の荒々しい不在へと、上ったり下りたりすることができる。内的な船酔いが永遠のものになるまで。その時もはや苦痛は生から切り離されず、難破のただ中で、人はある平静を隠し持つことになる。すっかり空っぽの、サイクロンの中心にいるように。私の脳の奥から、喘息の激しい発作の騒がしくて澄んだ小声が立ち上ってくる。私は、喘息がもたらす小さい死に、無防備に身をさらすことを恐れると同時に、夜中の角灯のように、私の頭上に掲げる言葉を呼び起こそうと努めていた。しかしどの言葉も、怯えた動物のように、あるいは苦痛を前に砕け散るのを恐れる人々のように、私のうちにうずくまったままであった。窮余の策として、この苦痛そのものを指し示す言葉を捕まえた。その言葉を、対象の前でベールのように広げるために……。「喘息」という言葉は、たった三年前から私の胸に宿るのみである。私は当初、その言葉は全体が肉と血で織り上げられ、神経系統や軟骨などすべてを備えると思っていた。それから、その言葉はただ「孤独」という言葉の裏返しであることに気づいた。それは私の孤独の犬である。唇から泡を出し、私の孤独の背後で唸っている。それは限界まで膨らんだ魂の喘ぎである。そこでは人間が犬のように吠える。当初、人々は、施設の空気や近隣の匂いが原因であると考えていた。それから私は喘息の真相を発見し、医者に話した。それは私が孤独だと感じる時です。私は期待して、彼を見ながら言った。まるで彼が孤独に対する薬を処方するのを予想していたように。彼は私を見て、笑った。再び私を見て、怒ってしまった。私は、定価のついたこの顔を、西洋医学の陰鬱な象徴を、私の窒息の上に掲げようとした。発作のたびにそうして、身体の難破の中で精神が破壊されないよう熟視する対象を呼び起こすように。その時、突然……そういった場合にいつも私の気分をよくするある考えが浮かんだ。あの老婆を見てみよう。私は自分に語りかけた。もしおまえがそういう孤独を感じるなら、孤独な誰かがいるということだ。だからおまえがまだ存在することは疑いえない。こう考えたところで眼を開けると、彼女たちがほとんど皆、食堂から戻っていて、すでに過ぎ去りつつあるこの午後を生きようと努めていることがわかった。ビタール夫人が言った。終わったようね。別の声が聞こえてきた。今回はまだのようね。私は涙を禁じえなかった。毎回、私の意に反して、私の眼がそうするように。その間に私はタオルで嫌な汗を拭おうとしていた。髪は頭蓋に、寝巻きは肌に貼りついていた。そしてこの最低限の身繕いをする間も、例の考えが、笑いを誘う快活さとともに私の頭の中を小走りに駆け続けた。おまえは信じないようだな。でも、考えてみなさい。風のそよぎは孤独を感じることができるだろうか。もしそうなら、『不思議の国のアリス』のように、猫の身体が消え去っても猫のほほ笑みが漂うことがあると認めることになるだろう。あるいは、どんな物体とも関わらない影がありえることを。これではまったく理に適わない。まったく。まったく。人はもうおしまいだと思うけれど、日々の糸はまだ伸びて、新たな喜び、新たな夢、新たな経験を織り上げる。人は死ぬと思うけれど、心臓はまだ鼓動していて、すべてがまた始まる。こうして、私が自分の人生を語ろうと試みている間にも、未来が常に現在の中で動いているように、すでに動き出した見えない力が、イガ類が翳るように、光り輝くこの美しい衣服を、寓話よりも眩しい外套を、私の過去のまたもや決定的かつ暫定的なイメージを侵食していた。天使のマリー修道女が消灯のために現れた。さらば、ボゴタよ。

謝辞

いつも細やかな心配りをしてくれたベアトリスとフランゾに感謝します。

ラ・スヴナンス〔グアドループのゴヤーヴにあるシュヴァルツ＝バルト夫妻の旧住居で、現在は文化施設になっている〕の書斎に眠っていた原稿、記録文書、書き込みを集めて、整理してくれたフランシーヌ・コフマンに感謝します。

編集を熱心に補佐してくれたエリー・デュプレイに心より《オンシャジュ》感謝します。キーボードが苦手な私のために、延々と文字を打ち込み、修正する作業を忍耐強く続けてくれました。あなたの熱意、高い関心、若さによって、この作品に永遠の命が与えられました。

訳者あとがき

シュヴァルツ＝バルト夫妻、シモーヌ（一九三八年〜）とアンドレ（一九二八〜二〇〇六年）による小説『さらばボゴタ（*Adieu Bogota*）』（二〇一七年）は、カリブ海の島グアドループの混血女性ソリチュードと、その子孫たちの物語を描くカリブ海連作の一編である。

現在、フランスの海外県となっているグアドループは、一四九三年にコロンブスが上陸したあと十七世紀半ばからフランスの植民地とされ、黒人奴隷労働によるサトウキビ栽培で発展した。ソリチュードという女性が自由を求める黒人たちを率いて戦ったが、一八〇二年、フランス本土から派遣された軍隊との戦闘中に身重の体で捕縛され、出産の翌日に処刑された。この歴史上の人物に興味をもったアンドレ・シュヴァルツ＝バルトは、彼女から始まる黒人家系の物語を全七編の小説によって書き綴るカリブ海連作を構想した。本書『さらばボゴタ』の主人公マリオットット（マリー）は、ソリチュードの曾孫という設定である。

しかしアンドレ・シュヴァルツ＝バルトはカリブ海地域の出身ではなく、第二次世界大戦期に両親と兄弟を強制収容所で失ったユダヤ系フランス人である。彼は一九二八年にフランス、メッス市のユダヤ人地区で、ユダヤ系ポーランド人の両親の次男として生まれた。母語はイディッシュ語であり、戦況の悪化のせいで学校に通うことができず、フランス語を学ぶ機会を十分に得られなかった。第二次世界大戦が開戦すると一家はまず一九四〇年にオレロン島へ、一九四一年にはアングレーム近郊への移住を余儀なくされた。一九四二年から翌年にかけて両親と兄弟二人が相次いで強制収容所に移送され、妹も逮捕されると、十四歳のアンドレは三人の弟の保護者となった。一九四三年十月からは弟たちと離れて対独レジスタンスに参加し、年齢を偽って兵士として戦った。一九四五年七月の動員解除後、パリで弟たちと再会し、収容所へ送られた家族の帰還を待ち望んだが、秋になり、両親と兄弟二人が永遠に戻らないことを知ると、人生をエクリチュールに捧げる決意をした。

一九五九年にスイユ社から出版された小説第一作『最後の義人（*Le Dernier des Justes*）』は、同年のゴンクール賞に輝き、ベストセラーとなった。ショアー（ユダヤ人大虐殺）の文学である同作は、中世から二十世紀に至るユダヤ人家系レヴィ家の受難の歴史に続いて、最後の「義人」――一世代あたり三十六人いて、この世の苦しみを背負うとされる、ユダヤの伝承に基づく存在――である同家の若者エルニ・レヴィがアウシュヴィッツ収容所のガス室で息絶えるまでを描く。

アンドレがのちに結婚し、執筆活動でも協力し合うことになる、グアドループにルーツをもつシモーヌと出会ったのは、ちょうど『最後の義人』の原稿を仕上げた時であった。すでにクレオール語を学んでいた彼は、パリのメトロの駅前で見かけたシモーヌにクレオール語で言葉をかけたという。アンドレがエドゥアール・グリッサンらカリブ海地域出身の黒人たちと交流し、特別な親近感を抱いたのは、彼らが背負う奴隷制の歴史と、迫害されたユダヤ人の歴史とを重ねて見ていたためである。

シュヴァルツ゠バルト夫妻の執筆の主題は、アフリカからカリブ海アンティル諸島に奴隷として移送され、売買された黒人たちとその子孫たちの境遇であった。二人は、一九六七年に連名で発表した小説『青バナナ入り豚肉の料理（*Un plat de porc aux bananes vertes*）』に始まる全七編のカリブ海連作によって、数世代にわたる黒人家系の物語を書き上げる構想をもっていたが、一九七二年にアンドレ単著の『混血女性ソリチュード（*La Mulâtresse Solitude*）』が刊行された後、出版は途絶えてしまう。その後もアンドレは書き続けたが、連作の続編を出版することはなく、二〇〇六年に他界した。

しかし二〇一〇年、残りの原稿はアンドレによって処分されたと考えていたシモーヌに対し、在イスラエルの研究者フランシーヌ・コフマンは、生前のアンドレとの会話に基づき、カリブ海連作の原稿は存在するはずだと伝えた。コフマンはグアドループのゴヤーヴにあるシュヴァルツ゠バルト宅に滞在し、アンドレの遺稿を検討した結果、連作の続編に相当する草稿を見出すことができた。シモーヌがそれに手を加えて、二〇一五年に『孤独の祖先（*L'Ancêtre en Solitude*）』、二〇一七年に本作『さらばボゴタ』を出版した。

カリブ海連作は、バルザックの『人間喜劇』やゾラの『ルーゴン＝マッカール叢書』のように、全体が大きな物語を構築しつつも各作品が独立している。そのため『さらばボゴタ』を読むにあたって他作品の知識は必須ではないのだが、既刊の四編から浮かび上がる物語の概要を以下に紹介したい。展開を時系列で辿るために、連作の第一作『青バナナ入り豚肉の料理』ではなく、第二作『混血女性ソリチュード』からとする。

『混血女性ソリチュード』の主人公は、西アフリカで黒人狩りにあったバヤングメが、奴隷船上で白人乗組員に強姦された末、グアドループの農園で生んだ混血児である。ソリチュードは母に捨てられ、奴隷として何度も転売され、人間性を喪失するが、容姿と歌声の美しい若者に成長する。一七九五年、フランス革命がカリブ海の植民地に波及し、奴隷制の廃止が布告されても黒人たちに自由は訪れない。やがてソリチュードは白人の支配に抵抗する逃亡奴隷たちの先頭に立って戦う。しかし一八〇二年五月、奴隷制復活のためにナポレオンが派遣した軍隊との戦闘中に身重の体で捕縛され、やがて出産すると、その翌日、十一月二十九日に処刑される。

ソリチュードが生んだ嬰児は『孤独の祖先』において、マルティニックで農園を営む老未亡人ド・モンテニャン夫人に買い取られ、ルイーズと名づけられる。夫人は所用でグアドループを訪れ、偶然、ソリチュードの公開処刑を目撃していた。その後、白人労働者ルグランダンがルイーズを買い取り、やがて二人は結婚する。ルイーズ、娘のオルタンシア、孫のマリオットの三代にわたり、マルティニックのサン＝ピエール周辺を舞台として紡がれる物語は、十九世紀のフランス植民地の現実を映し出す。黒人たちは一八四八年の奴隷制廃止後も白人への服従から逃れられないが、時に路上で歌と踊りを楽しみ、若い世代では学校に通う者も現れる。

そして『さらばボゴタ』の主人公はルイーズの孫マリオットである。マルティニックで一八八五年に生まれた彼女は、一九五三年、パリの高齢者施設で孤独に暮らしている。

第一部「ジャンヌの死」では、施設で唯一の黒人として孤立しがちなマリオット（マリー）が親交を結んだジャンヌに焦点が当てられる。ジャンヌの死の場面に続いてマリオットは、生前の彼女から聞いていたその生涯を愛情をこめて語る。それは、パリ郊外の工場で働きながら女手ひとつで息子を育てたが、結婚後の息子との間に距離が生じて施設に入ることとなったフランス人女性の一生である。ジャンヌとの交流を通して心を開いたマリオットは、亡くなった友人の期待に応えるべく自分の人生を書き残す決意をする。

第二部「マリーの旅」ではマリオットが自身の過去を語る。一九〇二年に発生したマルティニックのプレ山噴火によりサン＝ピエールの町が壊滅し、故郷も家族も失った彼女は破滅的な彷徨に身を委ねることになる。まず南米のフランス領ギアナに渡り、そこで自分を競売にかけると、ある男が彼女を落札する。元流刑囚であるこのフランス人は金脈を掘り当てて財をなしていた。マリオットは男についてニューヨークへと旅立つ。しかし二人は大都会に馴染めず南米に戻ると、コロンビアの首都ボゴタで男はマリオットのもとを去る。ひとりになった彼女は動揺しつつも男が残した金で商店を構え、商売は軌道に乗るが、貧民と労働者によるデモ行進に巻き込まれたことを機に身を持ち崩してしまう。

マリオットは確かに黒人ゆえの生きづらさを経験するが、ギアナの徒刑囚のように自由を奪われた白人が存在することや、パリの白人女性たちがそれほど幸福ではないことを知り、認識を新たにしていく。晩年、パリの施設で孤独に苛まれる彼女には、自分が黒人であることを意識しすぎたために幸福を逃したという悔恨の念も滲んでいる。

このパリの施設は連作の第一作『青バナナ入り豚肉の料理』の舞台でもある。一九五二年十二月、マリオットがマルティニックで過ごした少女時代を回想しようと努めるうち、祖母ルイーズの最期の日が脳裏に浮かんでくる。死に際のルイーズに食べさせるため豚肉料理を作った母オルタンシアは、料理を獄中のレイモナンク――マリオットの父親と目される男――にも届けようと、マリオットらを連れてプレ山の刑務所を訪れる。この回想をきっかけとしてマリオットは、死ぬ前にもう一度、故郷の料理を味わいたいという願望を抱き、カリブ海料理店を目指して施設を抜け出す。

『青バナナ入り豚肉の料理』では、自らの死を予感するマリオットが少女時代の記憶をたぐり寄せ、その中で祖母ルイーズが生きた奴隷制の時代や曾祖母ソリチュードの存在が想起される。こうした小説内の時間の重層性、複雑さは、彼女が『さらばボゴタ』において、自分の物語の始まりを見つけることができないと述べることと呼応するように思われる。マリオットは『孤独の祖先』に挿入される日記においても、自分の人生を出生時から物語ることへの心の抵抗に触れつつ、「私の最も古い記憶は、別の人に、今の私以前の私に属するようだ」と綴っている。この言葉は、『混血女性ソリチュード』の第一部「バヤングメ」に記される、死はひとつの生であり、生はよみがえりであるというアフリカ人たちの認識とも響き合っている。バヤングメ、ソリチュード、ルイーズ、マリオットはそれぞれの理由で、若くして——ルイーズは生後すぐに——母親から引き離されるが、それでも彼女たちは母系の血筋とともに、記憶や死生観をも受け継いでいるようである。

この女性たちの生きざまは、『最後の義人』において、度重なるユダヤ人迫害に抗して中世から二十世紀まで血筋を継承するレヴィ家の義人たちの姿と通底しており、マリオットの言葉は、ユダヤ人の作者アンドレ・シュヴァルツ＝バルトが自分の記憶や祖先について感じていることでもあるだろう。

母語ではないフランス語の表現力を磨き、労働の傍ら小説の習作に取り組んだ作者の自我が、独学で読み書きを身につけたマリオットに投影されていることは容易に想像されるが、それは作者自身の言葉によっても裏づけられる。二〇一五年刊行の『孤独の祖先』に付した序文においてシモーヌは、アンドレが残したメモ書きを引用する。「老婆は私で、私は老婆だ。一方に当てはまることはもう一方にも当てはまる。私の哲学を彼女も共有する。彼女の考えを探れば、私の本心を見出すことになる」アンドレの遺稿から『孤独の祖先』が出版されてマリオットが復活することは、亡き夫に二度目の生をもたらす奇跡であることをほのめかしつつ、シモーヌは序文を締めくくっている。「シモーヌ・シュヴァルツ＝バルト、あなたは奇跡を信じるか、と問われたら、私はこう答える。私が奇跡を信じるのではなく、奇跡が私を信じている、と」

二〇一九年にはシモーヌが夫婦の歩みを回想した『時が経つのも忘れて（*Nous n'avons pas vu passer les jours*）』が出版され、この訳者あとがきに略記するアンドレの生涯や、小説の執筆意図などが開示された。同書でシモーヌが繰り返し述べるのは、アンドレが、収容所に消えた両親や兄弟を含むユダヤ人の煙でできた巨大な墓に小石を供えて弔いとするために『最後の義人』を執筆したことである。しかし彼の願いは、三十一歳という若さでゴンクール賞を受賞した際に起きた大論争によって踏みにじられた。他の著作からの盗用や、ユダヤ民族の歴史と伝統に関する誤謬が指弾されたばかりか、収容所を経験していない作者がアウシュヴィッツを描き、犠牲者たちの代弁者となったことにユダヤ人からも批判が寄せられた。

傷ついたアンドレはフランス文壇から距離をおき、セネガル、スイス、グアドループへと移り住んだが、一九六〇年三月にまず訪れたのは学生時代の友人セルジュ・パシアンが住むフランス領ギアナであった。首都カイエンヌや徒刑場のあったサン゠ローラン゠デュ゠マロニなど、『さらばボゴタ』の舞台となる土地を巡りながら、新たな創作の構想を練り始めていたのだろう。

一九七二年にアンドレ単著の『混血女性ソリチュード』が刊行された際にも、カリブ海地域の知識人たちによって、白人は黒人の物語を適切に語ることはできないという、いわば正統性の裁判が引き起こされた。奴隷制への抵抗の物語が、クレオール語ではなく、植民地主義者の言語であるフランス語で書かれたことも問題視された。しかしその後、グアドループでは、島の象徴的存在であるソリチュードを歴史の闇から救い出したアンドレ・シュヴァルツ゠バルトの功績が認められるようになった。

そして二〇二二年、パリ十七区の公園にソリチュードの彫像が建立された。パリにある偉人たちを象った多数の彫像のうち、ジャンヌ・ダルクなど女性のものはわずか五十体ほどにとどまる。ソリチュード像はパリで最初の黒人女性像である。

またこの年、『混血女性ソリチュード』とともに、シモーヌ単著の小説『奇跡のテリュメに降る雨と風（*Pluie et vent sur Télumée Miracle*）』（一九七二年）が出版五十周年を迎えたことを記念して、スイユ社からそれぞれの新版が刊行された。シモーヌが単独での小説執筆を手がけたのは、ユダヤ民族の文化や記憶の消失を危惧するアンドレとの対話を通して、自分自身の歴史に心を向けるようになったためである。長らくグアドループでは、ヨーロッパ人との同一化を促す教育がなされてきた上に、かつての奴隷やその子孫が奴隷制をタブー視して、語ろうとしなかった。シモーヌは自分たちの歴史を取り戻すために『奇跡のテリュメに降る雨と風』と『水平線のティ・ジャン（*Ti Jean L'horizon*）』（一九七九年）を出版した。

約十年前に訳者がシュヴァルツ＝バルト作品と巡り合った時、すでにアンドレは故人であったため、その後の『孤独の祖先』と『さらばボゴタ』の出版には大いに驚かされたが、現在、シモーヌはカリブ海連作の五作目をほぼ完成させており、近刊予定であるそうだ。南米コロンビアからアフリカへ、つまり、ソリチュードの母バヤングメが生まれた大陸へと向かったマリオットが、続編で何を語るのか、興趣が尽きない。

最後に、シュヴァルツ＝バルト作品の初の邦訳書である本書の訳出にご協力くださった方々に、心より感謝申し上げたい。バル＝イラン大学（イスラエル）名誉教授のフランシーヌ・コフマン先生には、翻訳に取り組み始めた時から温かい激励と情報提供をいただいた。ボルドー・モンテーニュ大学教授のエリック・ブノワ先生には、フランス語原文の解釈など、さまざまな質問に丁寧にお答えいただいた。そして水声社の神社美江さんには、訳文を完成させるにあたって貴重なご助言をいただいた。ここに謝意を表したい。

二〇二三年六月

中里まき子

著者／訳者について——

シモーヌ・シュヴァルツ＝バルト（Simone Schwarz-Bart）　一九三八年、グアドループ出身の両親のもと仏南西部のサントに生まれる。三歳でグアドループへ移り、ポワンタピートル、パリ、ダカールで学ぶ。一九五九年に、パリのメトロで、アンドレ・シュヴァルツ＝バルトと出会う。アンドレとの共作に加えて、主な著書（単著）に、*Pluie et vent sur Télumée Miracle*（Seuil, 1972）, *Ti Jean L'horizon*（Seuil, 1979）などがある。

アンドレ・シュヴァルツ＝バルト（André Schwarz-Bart）　一九二八年、仏北東部のメッスに生まれる。二〇〇六年、グアドループのポワンタピートルにて没する。ユダヤ系ポーランド人の両親をもち、両親と兄弟を強制収容所で失った経験をもとに書いた『最後の義人』（*Le Dernier des Justes*（Seuil, 1959））でゴンクール賞を受賞。黒人奴隷とその子孫をめぐるシモーヌとの共作、*Un plat de porc aux bananes vertes*（Seuil, 1967）, *L'Ancêtre en Solitude*（Seuil, 2015）などがある。

＊

中里まき子（なかざとまきこ）　一九七五年、福島県に生まれる。トゥールーズ第二大学大学院博士課程修了。博士（文学）。現在、岩手大学人文社会科学部教授。専攻、フランス文学。著書に、『トラウマと喪を語る文学』（共著、朝日出版社、二〇一四）、『無名な書き手のエクリチュール：三・一一後の視点から』（共著、朝日出版社、二〇一五）、訳書に『バタイユ書簡集　一九一七—一九六二年』（共訳、水声社、二〇二二）などがある。

装幀――宗利淳一

さらばボゴタ

二〇二三年一一月二〇日第一版第一刷印刷　二〇二三年一一月三〇日第一版第一刷発行

著者――シモーヌ＆アンドレ・シュヴァルツ＝バルト

訳者――中里まき子

発行者――鈴木宏

発行所――株式会社水声社

東京都文京区小石川二―七―五　郵便番号一一二―〇〇〇二
電話〇三―三八一八―六〇四〇　ＦＡＸ〇三―三八一八―二四三七
［**編集部**］横浜市港北区新吉田東一―七七―一七　郵便番号二二三―〇〇五八
電話〇四五―七一七―五三五六　ＦＡＸ〇四五―七一七―五三五七
郵便振替〇〇一八〇―四―六五四一〇〇
URL : http://www.suiseisha.net

印刷・製本――ディグ

ISBN978-4-8010-0786-4

涙の通り路　アブドゥラマン・アリ・ワベリ　二五〇〇円
トランジット　アブドゥラマン・アリ・ワベリ　二五〇〇円
ハイチ女へのハレルヤ　ルネ・ドゥペストル　二八〇〇円
マホガニー　エドゥアール・グリッサン　二五〇〇円
憤死　エドゥアール・グリッサン　二八〇〇円
赤外線　ナンシー・ヒューストン　二八〇〇円
草原讃歌　ナンシー・ヒューストン　二八〇〇円
ホワイトノイズ　ドン・デリーロ　三〇〇〇円
ゼロK　ドン・デリーロ　三〇〇〇円
ポイント・オメガ　ドン・デリーロ　一八〇〇円
沈黙　ドン・デリーロ　二〇〇〇円
暮れなずむ女　ドリス・レッシング　二五〇〇円
生存者の回想　ドリス・レッシング　二二〇〇円
シカスタ　ドリス・レッシング　三八〇〇円
これは小説ではない　デイヴィッド・マークソン　二八〇〇円
ライオンの皮をまとって　マイケル・オンダーチェ　二八〇〇円
神の息に吹かれる羽根　シークリット・ヌーネス　二二〇〇円

ミッツ　シークリット・ヌーネス　一八〇〇円
メルラーナ街の混沌たる殺人事件　カルロ・エミーリオ・ガッダ　三五〇〇円
リトル・ボーイ　マリーナ・ペレサグア　二五〇〇円
連邦区マドリード　J・J・アルマス・マルセロ　三五〇〇円
エクエ・ヤンバ・オー　アレホ・カルペンティエール　二五〇〇円
石蹴り遊び　フリオ・コルタサル　四〇〇〇円
わが人生の小説　レオナルド・パドゥーラ　四〇〇〇円
モレルの発明　A・ビオイ＝カサーレス　一五〇〇円
テラ・ノストラ　カルロス・フエンテス　六〇〇〇円
古書収集家　グスタボ・ファベロン＝パトリアウ　二八〇〇円
犬売ります　フアン・パブロ・ビジャロボス　三〇〇〇円
地獄の裏切り者　パーヴェル・ペッペルシテイン　二二〇〇円
オレデシュ川沿いの村　アナイート・グリゴリャン　三〇〇〇円
欠落ある写本　カマル・アブドゥッラ　三〇〇〇円

［価格税別］